HF791728

श्रेष्ठ भारतीय साहित्य

भारतीय ज्ञानपीठ

भारत के रत्न

(उपन्यासिका)

प्रकाशक / लेखक की अनुमति के बिना इस पुस्तक को या इसके किसी अंश को संक्षिप्त, परिवर्धित कर प्रकाशित करना या फ़िल्म आदि बनाना कानूनी अपराध है।

भारत के रत्न

नीरज चन्द्राकर 'अरूमित्रा'

भारतीय ज्ञानपीठ

लोकोदय ग्रन्थमाला : 1435

ISBN 978-93-87919-88-4

भारत के रत्न

(उपन्यासिका)

नीरज चन्द्राकर 'अरूमित्रा'

प्रकाशक : **भारतीय ज्ञानपीठ**
18, इन्स्टीट्यूशनल एरिया, लोदी रोड, नयी दिल्ली–110 003

मुद्रक : भारतीय ज्ञानपीठ, नयी दिल्ली–03

आवरण : महेश्वर

© नीरज चन्द्राकर 'अरूमित्रा'

BHARAT KE RATNA
(Novelette)
By Neeraj Chandrakar 'Arumitra'

Published by
Bharatiya Jnanpith
18, Institutional Area, Lodi Road, New Delhi-110 003
Ph. : 011-24698417, 24626467; 23241619 (Daryaganj)
Mob. : 9350536020; e-mail : bjnanpith@gmail.com
sales@jnanpith.net; website : www.jnanpith.net

First Edition : 2020
Price : Rs. 150

कुलदेवी माँ चण्डी की असीम कृपा से एवं मेरे पूज्यनीय पिता जी स्व. श्री अरुण चन्द्राकर एवं पूज्यनीय माता जी श्रीमती सुमित्रा चन्द्राकर के आशीर्वाद एवं मेरी अर्द्धांगिनी श्रीमती मनु चन्द्राकर के अतुलनीय सहयोग से मैंने अपनी भावनाओं को शब्द रूप में पिरोकर उपन्यासिका 'भारत के रत्न' का सृजन किया गया है।

अपने आराध्यों के चरणों में श्रद्धावनत् होकर यह सृजन आपके प्यार एवं आशीर्वाद की अपेक्षा के साथ सादर प्रस्तुत है।

—नीरज चन्द्राकर 'अरूमित्रा'

संदेश

सफलता का पैमाना अलग-अलग होता है। समाज की नज़रों में पद-प्रतिष्ठा, नाम-काम-दाम सर्वाधिक महत्त्वपूर्ण है। समाज का यह नजरिया, समाज के सदस्यों की सोच का ही प्रतिबिम्ब होता है। इस सोच और नजरिये का स्वाभाविक असर मध्यवर्ग के किशोरों पर भी होता है।

ऐसा नहीं कि प्रतिस्पर्धा अब अधिक है, कमोबेश वह तो हमेशा से है, लेकिन इस दौर में स्वस्थ प्रतिस्पर्धा की नैतिकता और उसके आदर्श धूमिल हैं, गलाकाट का बोलबाला है। युवकों के सपने, उनकी महत्त्वाकांक्षा में अवसर, प्रतिभा और परिश्रम के साथ संयोग की भूमिका निर्णायक होती है। इस क्रम में अपने लक्ष्यों की प्राप्ति और स्वयं को मुकाम पर बनाए रखने के लिए साध्य के लिए साधन की शुचिता गौण मान ली जाती है।

गौतम-गाँधी और विवेकानंद की सनातन परंपरा के उत्तराधिकारी भी भौतिकवादी आकांक्षाओं के मोहपाश में बँधे हुए हैं। जैसा कि किसी ने कहा है मानो पूरी सभ्यता ही भौतिक समृद्धि के नर्क में जाने को उतावली है। हमारा वर्तमान समाज और पूरी पीढ़ी इससे अछूती नहीं है, लेकिन आशा की किरण भी यहीं है।

कैरियर का ऐसा कोई क्षेत्र नहीं, जहाँ अपवाद न हों, लेकिन समाज की सोच को रेखांकित करने के लिए फ़िल्मी दुनिया, क्रिकेट, राजनीति चकाचौंध के ऐसे क्षेत्र हैं, जिनका आकर्षण सर्वाधिक है, जो आज समाज में सर्वाधिक सम्मानित हैं, इसलिए यह हमारी आशाओं-आकांक्षाओं को उभारकर दिखा पाती है। इसके विपरीत फ़ौजी सैनिक, कहीं अधिक विपरीत परिस्थितियों से जूझता, अपना अनिश्चय भरा भविष्य गढ़ने का प्रयास करता रहता है। अनिश्चय सिर्फ सफलता-

असफलता का नहीं, बल्कि जीवन–मृत्यु का।

समाज के सच का, ओझल सा, किन्तु दूसरा सकारात्मक पहलू भी है। निष्ठा, कर्तव्यपरायणता, देशप्रेम जैसी भावना, जो पुरस्कार–प्रसिद्धि के महत्त्व को स्वीकारते हुए भी उसे प्राथमिक नहीं मानती। ऐसे युवा भी कम नहीं जो त्याग, समर्पण, सेवा को सर्वस्व मानते हुए अपने क्षणिक सुखों को ही नहीं, जीवन भी न्यौछावर करने को तैयार रहते हैं। समाज और 'बाजार' के लिए सफलता की चकाचौंध का बोलबाला चहुँ ओर दिखाई देता है, मगर हमारा समाज सकारात्मक सोच और कर्म से ही टिका हुआ है, जिसका प्रतीक हमारे फ़ौजी सैनिक, कर्मयोद्धा हैं, जिनके साथ भविष्य की पवित्र और उज्जवल आशा–संभावना भी है।

जीवन के अनुभवों का सच, लेखनी से अभिव्यक्त होकर कहानी बने तो यह मनबहलाव नहीं, बल्कि ऐसी हकीकत होता है जिसमें परिस्थितियों के झंझावात से जूझती आशा की लौ, न जाने कितनों के जीवन–पक्ष को आलोकित कर सकती है। भाई नीरज चन्द्राकर की लेखनी ताजा होते हुए भी प्रमाणिकता, विश्वसनीयता के साथ आस्था से सराबोर है, जिसमें अपेक्षित भविष्य की संभावना अंकुरा रही है।

राहुल कुमार सिंह
पुरातत्व एवं संस्कृति अध्येता
छत्तीसगढ़

भारत के रत्न

भारत के रत्न

दिसंबर की कड़कती ठंड भरी रात के पश्चात् का भोर अलसाया हुआ सा प्रतीत हो रहा है। इस अलसायी सुबह में भी मजबूत कद काठी की युवा तरूणाई अपने उज्जवल भविष्य की आस में स्वर्णिम अहसास कराने वाली शैय्या का त्याग कर नित्य कर्म से निवृत्त होकर अपनी कॉलोनी के पास के मैदान में बड़ी तत्परता से पहुँचे। ये चारों जवान हरीश, राघवेन्द्र, जितेन्द्र एवं संजय सभी मध्यमवर्गीय परिवार से हैं। ''वह मध्यमवर्ग जो उच्च जीवनशैली की चाह रखता है तथा निम्न जीवनशैली कभी अपनाना नहीं चाहता। सामाजिक बंधनों से सर्वाधिक सरोकार मध्यमवर्ग ही रखता है।''

इन चारों दोस्तों में राघवेन्द्र एक राजनीतिक दल की युवा शाखा का जिला प्रमुख है। हरीश क्रिकेट में प्रदेश की रणजी टीम का सदस्य है। जितेन्द्र को पढ़ाई के साथ अभिनय में विशिष्ट अभिरूचि है। संजय पढ़ाई में औसत दर्जे का छात्र है, जिसने अपने भविष्य का निर्धारण भी नहीं किया है। संजय के पिता कलेक्ट्रेट में वर्ग तीन के कर्मचारी के रूप में पदस्थ हैं। संजय के पिता की आमदनी मध्यमवर्ग में उसके परिवार को स्थापित करती है। परन्तु परिवार में दो बच्चों की पढ़ाई के खर्च ने जीवनशैली को एक सुविधाविहीन परिवार से ऊपर बढ़ने नहीं दिया है।

आज संजय का जन्मदिन होने के कारण सभी दोस्त प्रातः कालीन अपनी मैदानी भाग दौड़ के उपरान्त मैदान के पास के घनश्याम हॉटल में जन्मदिन की पार्टी मनाने वाले हैं। घनश्याम हॉटल कोई फाइव स्टार हॉटल नहीं है, वरन् एक ऐसा हॉटल है जिसमें बैठते-बैठते बहुत से लोग फाइव स्टार हॉटल की सुविधा का उपभोग करने वाले बन गये। परन्तु घनश्याम हॉटल के मालिक घनश्याम की कुर्सी का हत्था टूट गया है एवं गंदा सा कवर वाली गद्दी उसमें लगी है। हॉटल आज भी कोयले एवं कण्डे के धुएँ से सराबोर रहता है। बैठने के लिये वहीं छः-आठ

प्रौढ़ावस्था में पहुँच चुकी कुर्सियाँ हैं, जो इस दुनिया को कभी भी अलविदा कह सकती हैं साथ ही उसमें बैठने वाले के लिये भी सदैव जीवन त्याग का भय बना रहता है। संजय का जन्मदिन होने के कारण बिल भुगतान की ज़िम्मेदारी भी उसकी ही थी। सभी दोस्तों ने नाश्ते एवं चाय का ऑर्डर हॉटल में काम करने वाले छोटू को ऐसे दिया, मानो किसी रियासत के राजकुमार ने भरी सभा में अपने अधीनस्थों को दिया हो। यद्यपि हॉटल में ऑर्डर देने के लिये ज्यादा विकल्प नहीं है, वही समोसा, पकोड़ा, बिस्किट एवं चाय, परन्तु "संघर्ष के दिनों में यही वस्तुएँ हैं जो आपके कम हैसियत में भी किसी राजकुमार वाली खुशी दिला सकती है।" नाश्ते के साथ चर्चा का दौर भी शुरू हुआ, राघवेन्द्र आने वाले वर्ष के आम चुनाव में अपने राजनीतिक दल से सांसद की टिकिट हासिल करने के लिये, पूरी तरह आश्वस्त है। हरीश का पिछला सत्र क्रिकेट में बहुत अच्छा रहा है, उसे उम्मीद है कि वह भारतीय टीम में चयनित हो जायेगा। जितेन्द्र भी मुंबई में कई फ़िल्म डायरेक्टरों के पास स्क्रीन टेस्ट दे चुका है, उसे भी फ़िल्मी दुनिया में प्रवेश की पूरी उम्मीद है। संजय भी अपने घर की आर्थिक स्थिति को देखते हुये बड़े लक्ष्य के स्थान पर फ़ौज या पुलिस में भर्ती के लिये तैयारी कर रहा है। उसे अपने शारीरिक दम-खम के आधार पर भरोसा है, कि वह अपने उद्देश्य में सफ़ल हो जायेगा। आर्थिक स्थिति के चलते संजय अपने दोस्तों के बीच हमेशा ही असहज महसूस करता है, परन्तु उसके यारों की यारी ऐसी है कि वह उनसे अलग हो ही नहीं सकता। उसके दोस्त भी इस बात से वाकिफ़ हैं इस कारण अपने व्यवहार में इस बात का ध्यान जरूर रखते हैं।

नाश्ते एवं वार्तालाप का दौर समाप्त होते ही जितेन्द्र ने चिल्लाते हुये कहा कि आज के बिल का भुगतान आज के प्रिंस संजय ही करेंगे। सभी दोस्तों ने जितेन्द्र के हाँ में हाँ मिलाया, परन्तु सभी जानते थे कि संजय के लिये यह भी किसी फाइव स्टार हॉटल की भयाक्रान्त कर देने वाले बिल से कम नहीं है। इस कारण राघवेन्द्र चुपके से जाकर बिल का भुगतान कर चुका है। संजय का चेहरा बता रहा था कि वह भी बिल को लेकर चिंतित है, परन्तु इसी बीच घनश्याम चाचा ने आवाज़ लगाया कि बिल का भुगतान हो चुका है। संजय के चेहरे में अचानक ही पीड़ा-मिश्रित राहत का भाव आ गया, जो उसकी आर्थिक विपन्नता के कारण अनायास ही चेहरे पर प्रकट हुआ।

सुबह के नौ बज चुके हैं, सभी को मालूम है कि सभी के घर के आतताई राजा और रानी अपने व्यंग्य बाण रूपी शस्त्रों से सुसज्जित घर के मुख्य द्वार पर ही इन रणबांकुरों का इंतज़ार कर रहे होंगे। इसी भय में सभी दोस्त तेजी से अपने-अपने घर की ओर भागे। प्रतिदिन की भाँति सभी को वही व्यंग्य बाण की चुभन सहनी

पड़ी। संजय का जन्मदिन होने के कारण तोहफ़े के रूप में यही मिला कि उसे व्यंग्य बाण नहीं सहना पड़ा। उसकी माँ ने आज घर में पूड़ी और हलवा बनाकर अपने बेटे को उसके जन्म दिवस की बधाई देने की तैयारी की है। पिताजी ऑफिस की फाईलों के कारण इतना व्यस्त हैं, कि बेटे का जन्मदिन भी याद नहीं है। शायद यह भी हो सकता है कि जिसे जन्म दिया, उसका जन्मदिन नहीं मना पाने की पीड़ा उन्हें फाईलों में उलझा रखी हो। संजय के नहाकर तैयार होते ही उसकी माँ ने उसका तिलक किया और परिवार के सभी सदस्यगण एक साथ टेबल में बैठकर पूड़ी एवं हलवा का आस्वादन किये। पिताजी ने भी टेबल में बैठते ही संजय को जन्मदिन की बधाई देते हुए, अपने कर्तव्यों की इतिश्री की।

संजय के घर की विपन्नता उसे सदैव परेशान करते रहा है। संजय ने इसी कारण फ़ौज में भर्ती हेतु आवेदन किया है, जिसकी भर्ती प्रक्रिया कल से शुरू होने वाली है। जन्मदिन की खुशी का पल अनिश्चित भविष्य एवं संघर्ष पूर्ण भविष्य की सोच-तले दबे हुये चली गई। अगले दिन अलसुबह संजय अपनी पूरी तैयारी के साथ म्युनिसपल ग्राउण्ड फ़ौज की भर्ती प्रक्रिया में शामिल होने के लिये रवाना हुआ। माँ ने पूरे उसी भाव से संजय को रवाना किया मानो उनका बेटा, विश्वकप किक्रेट का फायनल मैच खेलने जा रहा हो। ''भारत देश में किक्रेट में हासिल की गई उपलब्धि ही सर्वश्रेष्ठ उपलब्धि मानी जाती है।'' फ़ौज की भर्ती की प्रक्रिया शारीरिक दक्षता की विशिष्ट परीक्षा कही जा सकती है। संजय ने अपने दोस्तों के साथ मैदान में दौड़-भाग कर जो दक्षता हासिल की है, वह आज भविष्य-निर्धारक सहयोगी हो सकता है। संध्याकाल होते तक संजय दक्षता परीक्षा देते-देते थक कर चूर हो गया है। परन्तु चेहरे के भाव से उम्मीद की किरण नज़र आ रही है। थक-हार कर संजय जब घर पहुँचा तो माँ ने एक विजेता के घर लौटने के भाव से संजय का स्वागत किया, परन्तु पिताजी ने तो शायद निर्भाव् होने का संकल्प ले रखा हो, बिना प्रतिक्रिया दिये अपने कक्ष में चले गये। रात्रि होने पर संजय सपरिवार खाना खाकर सोने चला गया। परीक्षाफल की व्याकुलता या फिर अत्यधिक थकान ने पूरी रात संजय को अर्द्धनिद्रा की स्थिति में रखा।

अगली सुबह निर्धारित प्रक्रिया अनुसार संजय तैयार होकर अपने दोस्तों के साथ मैदान में शारीरिक संचलन हेतु उपस्थित हुआ। अपने दोस्तों के भविष्य के सपनों के बीच स्वयं के स्वप्न एवं प्रयास को तुच्छ समझकर संजय अपने बीते कल के प्रयास के बारे में कोई चर्चा नहीं करना चाह रहा था। ''परन्तु दोस्त तो वही होते हैं, जो बात नहीं बताना चाहो, वही पूछते हैं।'' जैसे पिताजी ने कितना डाँटा? कितनी मार पड़ी? प्रेमिका से ब्रेकअप क्यों हुआ? किसके घर की शादी में बिना

बुलाये जाकर खाना खाये? इत्यादि-इत्यादि। राघवेन्द्र ने संजय से पूछा कि कल जब खुले बदन सिर्फ़ हाफ़ पैन्ट पहनकर दिन भर धूप में बैठे, तब कैसा लगा? सोचिये जो व्यक्ति भूखे-प्यासे कड़ी धूप में खुले बदन घण्टों बैठा हो उसकी, क्या प्रतिक्रिया होगी। सीधा सा जवाब है, बहुत ही कड़ी प्रतिक्रिया होगी। परन्तु सच कहो तो "दोस्ती का मज़ा ही इसी में है कि जहाँ व्यवहार बनावटी रूप नहीं धरता एवं झूठा आवरण नहीं ओढ़ता।" सभी दोस्तों ने अपने मित्र धर्म का पालन करते हुये, जितना बन सका उतना अपने मित्र संजय की खिंचाई की। संजय भी जानता है कि कितना भी कड़वा बोलें, मित्र तो दिल से हमेशा हमारा हित ही चाहते हैं।

करीब एक महीने गुजरने के बाद संजय को अपने अनचाहे सुखद एवं स्वर्णिम भविष्य की चाबी मिल गई, उसका चयन फ़ौज में हो गया। संजय ने अनचाही खुशी सबसे पहले अपनी माँ के साथ बाँटी। माँ अपने बेटे की सफ़लता पर इतना अधिक प्रसन्न हुई, मानो उसके बेटे ने विश्वविजय हासिल किया हो। माँ होती ही ऐसी है, जब उसकी संतान बचपन में चलना शुरू करती है, तब उसका उठाया हुआ पहला कदम और तुरन्त धड़ाम से गिरना भी संपूर्ण गली-मोहल्ले, परिवार में चर्चा के लिये उतना अवसर पाता है, जितना विश्वविजय वाले देश की चर्चा होती है। घर में बहन अलका भी माँ का प्रतिरूप बनकर अपने भाई के विश्वविजय के जश्न में शामिल हुई। पिताजी ने अपने व्यवहार में ऐतिहासिक परिवर्तन करते हुये पहली बार चलो ठीक हुआ, कहते हुए स्वर्णिम इतिहास रचा। "पिता कठोर होते हैं या अभिनय सम्राट जो कठोर होने का अभिनय करते हैं, यह सदैव ही शोध का विषय रहा है।"

अपने अनचाहे भविष्य को सँवारने के लिये अब संजय को प्रशिक्षण के लिये अपने प्रिय शहर, परिजन एवं मित्रगणों को छोड़कर प्रशिक्षण विद्यालय एक वर्ष के लिये जाना है। संजय की माँ अपने पुत्र को प्रशिक्षण में भेजने के लिये राज़ी तो है, परन्तु अपने लाडले के प्रशिक्षण के दौरान सुख-सुविधाओं से वंचित रहने एवं कठोर परिश्रम की अनिवार्यता जैसी बातों से भिज्ञ है, क्योंकि पड़ोस की वर्मा चाची अपने फ़ौजी भाई के बारे में प्रतिदिन माँ से चर्चा करती थी। माँ ने कठोर मन से संजय को प्रशिक्षण विद्यालय भेजने की तैयारी शुरू कर दी। "माँ तो सभी की एक समान होती है। बेटा कहीं भी जाये, माँ उसकी सुविधा की समस्त चीज़ें साथ में भेजना नहीं भूलती है। किसी अरबपति की माँ भी उसका बेटा अगर दो दिन के लिये बाहर जाये तो, बैग में टूथब्रश और शेविंगकिट रखना नहीं भूलती। जबकि उसे मालूम होता है कि उसका बेटा जिस हॉटल या जगह पर रूकेगा, वह सुविधाओं से पूर्ण होगा, परन्तु माँ का ममतामयी हृदय उसे इस कार्य के लिये प्रेरित करता है।" तीन-चार दिवस का संपूर्ण समय माँ ने संजय के सामान की पैकिंग में लगा दी। इन

सामानों में चकली, मठरी से लेकर तेल, कंघी, दर्पण तक सभी वस्तुएँ शामिल थीं। अंततः आज सुबह की ट्रेन से माँ का लाडला माँ का संपूर्ण प्यार अपने पास समेटकर प्रशिक्षण विद्यालय के लिये रवाना हो ही गया। संजय के जाने से घर का माहौल गमगीन सा रहा, घर में जो खाना बन सका माँ ने बनाया तथा दिनभर अपने में खोई रही। पिताजी भी अंतःमन से दुःखी पर सहज होकर ऑफिस रवाना हो गये। बहन अलका अपने भाई के साथ रहने पर हर बहन की तरह लड़ती थी, पर आज वह अपने संरक्षक भाई से अलग होकर बहुत दुःखी मन से कॉलेज गई।

संजय का प्रशिक्षण विद्यालय पहुँचते ही बहुत ही आत्मीय रूप से भव्य स्वागत हुआ। आत्मीयता के शब्द, फ़ौज में गाली के रूप में ही व्यक्त किये जाते हैं। भव्यता के रूप में रहने के लिये एक-एक बैरक, जिसमें चालीस-पचास जवान एक साथ रहते हैं। तीन-चार सौ प्रशिक्षु को बमुश्किल बीस-तीस टॉयलेट, प्रकृति की गोद में खुले आसमान तले स्नान की सुविधा, भोजन में बहुत ही टिकाऊ एवं मजबूत रोटी, पानी जैसा स्वच्छ निर्मल दाल, मांसाहारी चावल, मांसाहारी इस कारण क्योंकि चांवल में दस-बीस कीड़े होना साधारण सी बात है, और स्वास्थ्य के लिये लाभकारी लगभग बिना मिर्च, मसाले के सिर्फ़ हल्दी का रंग लिये हुये सब्जियां। अपने उज्जवल भविष्य के लिये, चलने वाले पथ पर एक आम आदमी जो अपने घर में माँ के प्यार एवं दुलार का अभ्यस्त हो उसका यदि इस प्रकार आत्मीय एवं भव्य स्वागत हो तो उस व्यक्ति की मनः स्थिति क्या होगी? इसकी कल्पना नहीं की जा सकती। संजय इस आत्मीय एवं भव्य स्वागत से इतना अभिभूत हुआ कि बैरक में रात के समय अपनी माँ को फ़ोन लगाकर बात करते ही ऐसे फूट-फूट कर रोया, मानो जीवन की जंग हार गया हो। माँ के द्वारा बंधाये गये ढाढस और कुछ वीर सहनशील नये मित्रों के सहयोग से संजय शांत सहज हो पाया।

प्रातः चार बजे से छः बजे का समय स्वर्णिम स्वप्न का होता है। प्रशिक्षण सत्र के पहले दिन सुबह पाँच बजे बिगुल की चिंघाड़ से प्रशिक्षण विद्यालय थर्रा उठा, सभी प्रशिक्षु उठकर ऐसे इधर-उधर भागने लगे, मानो भूचाल आया हो। प्रशिक्षण विद्यालय का कठोर अनुशासन प्रारंभ में ही प्रशिक्षुओं को बता दिया जाता है। टॉयलेट के बाहर लम्बी लाईन लगाकर दिन की शुरुआत हो तो व्यक्ति की मनः स्थिति कैसी होगी सोच सकते हैं। दैनिक क्रियाकलापों के निवृत्ति हेतु संघर्ष ने पहले दिन ही भविष्य की तकलीफ़ों से प्रशिक्षुओं का साक्षात्कार करा दिया। प्रशिक्षण मैदान में आते ही प्रशिक्षक अपने चेहरे का हावभाव ऐसा बनाकर रखते हैं, मानो कोई जल्लाद फांसी देने से पूर्व अपनी शक्लो-सूरत बनाकर रखता है। सभी प्रशिक्षु पहले से शारीरिक दमखम के आधार पर चयनित हुये हैं, इस कारण शारीरिक श्रम की

अधिकता सहन कर सकते हैं। परन्तु अनुशासन की परिधि में रहकर शारीरिक श्रम एक कठिन कार्य होता है। आज प्रथम दिन ही अनुशासित श्रम ने कई प्रशिक्षुओं का मनोबल तोड़ दिया। संजय की स्थिति भी बड़ी दयनीय थी। शारीरिक श्रम एवं क्लास में बैठकर पढ़ाई के बीच बमुश्किल पैंतालीस मिनट से एक घण्टे का समय मिलता है, जिसमें नहाना, नाश्ता करना एवं वर्दी पहनकर क्लास में जाना होता है। संजय ने आज स्नान भी नहीं किया तथा नाश्ता भी नहीं किया। उस समय का उपयोग उसने अपनी माँ को अपने प्रशिक्षण के पहले दिन के पहले दुःखद सत्र के बारे में बताने में ही बिता दिया, साथ ही उसने स्पष्ट रूप से अपनी माँ को बता दिया कि यह प्रशिक्षण उसके वश की बात नहीं है। परन्तु माँ के द्वारा समझाने-बुझाने पर वह किसी तरह प्रशिक्षण लेने को तैयार हो गया। दोपहर तक चलने वाली क्लास ज्ञान वृद्धि का नहीं वरन् छुपकर आराम करने का समय होता है। जन्मजात पढ़ाकू किस्म के प्रशिक्षुओं को छोड़कर अन्य साथी प्रातः कालीन सत्र में शारीरिक श्रम की अधिकता के कारण क्लास में झपकी लेना ही पसंद करते हैं। क्लास के बाद एक घण्टे का लंच टाईम हुआ। सभी प्रशिक्षुओं को देखकर ऐसा लगा मानो पहली बार वे खाना खा रहे हों। घर में माँ, बहन या भाभी के हाथ से बने खाने में कभी नमक ज्यादा या कम, मिर्ची ज्यादा या कम की शिकायत के साथ ही भोजन की शुरुआत करने वाला युवावर्ग आज खाने पर ऐसे टूट पड़ा है, मानो अमृत चखने मिला हो। भोजन के बाद शारीरिक आलस्य अभी छूट ही नहीं पाया था कि प्रशिक्षण मैदान में उपस्थिति हेतु पुनः बिगुल बज गया। अलसाया हुआ युवावर्ग पुनः शारीरिक यंत्रणा के लिये तैयार होकर मैदान में उपस्थित हो चुका है। यंत्रणा का यह दौर शाम पाँच बजे तक चला। इसके बाद थका-हारा युवावर्ग अपने-अपने बैरकों में ऐसे लौटा मानो युद्ध हारी हुई सेना लौट रही हो। रात्रि होते ही प्रत्येक बैरकों में से पेन किलर स्प्रे, बाम, आयोडेक्स की गंध आ रही थी। रात्रि होते ही सोने से पहले अगले दिन के भयावह शुरुआत की सोच प्रशिक्षु युवा वर्ग को शायद रात भर सोने नहीं दे।

प्रशिक्षकों के लिये शारीरिक दक्षता एवं प्रशिक्षुओं के लिये शारीरिक यंत्रणा का यह दौर वर्ष भर चलने वाली सामान्य प्रक्रिया है। संजय भी इस शारीरिक यंत्रणा को सहने के लिये अब मानसिक रूप से तैयार हो चुका है। संजय को प्रशिक्षण के बाद जब कभी भी समय मिलता अपने परिवार के सदस्यों एवं दोस्तों से फ़ोन पर बात कर लेता है। संजय माह के अंत होने पर जो प्रथम वेतन मिला उससे अभिभूत हो गया। यद्यपि प्रशिक्षण में होने वाला खर्च इतना अधिक हो जाता है कि बहुत अधिक पैसा अन्य कार्यों के लिये बच नहीं पाता इसके उपरान्त भी वह बचत पैसों से क्या करेगा यह सोचकर प्रफुल्लित है। संजय ने सोचा है कि अपनी पहली

तनख्वाह में से अपनी माँ एवं बहन के लिये कपड़े खरीदेगा तथा पिताजी के लिये शॉल खरीदेगा। भविष्य के सपनों एवं वर्तमान के कष्टपूर्ण यथार्थ के बीच सामंजस्य बनाते हुये संजय लगन से प्रशिक्षण प्राप्त करने लगा है।

संजय का मित्र राघवेन्द्र अपनी राजनीतिक महत्वाकांक्षा लिये हुए लगातार परिश्रम एवं जनसंपर्क कर रहा है। आज वह मेहनत के बल पर स्वयं को अपनी पार्टी में स्थापित कर चुका है। इस बार के चुनाव में वह सांसद की टिकट के लिये अपनी पार्टी में दावेदारी कर चुका है। ''राजनीतिक व्यक्ति का जीवनपथ जितना सरल दिखाई पड़ता है, उतना होता नहीं है। राजनीति का पथ कांटों भरा होता है, जहाँ पैरों के छालों का ज्ञान सिर्फ़ चलने वालों को होता है। राजनीतिक व्यक्तित्व एवं चरित्र की सरलता के स्थान पर धन बल एवं बाहुबल राजनीति का प्रमुख आधार होता है। राजनीति के कठोर तप से तपा हुआ व्यक्ति स्वर्ण के गुणों से परिपूर्ण हो ना हो लौह की सख्ती जरूर उसके अंदर आ जाती है, जो उसकी संवेदनशीलता को संवेदनहीन बना देता है।'' राघवेन्द्र युवा तरूणाई है उसे राजनीति के कंटीले पथ का अभी ज्ञान नहीं है, उसके अंदर का जोश उसे सिर्फ़ राजनीति के स्वर्णिम स्वरूप से ही साक्षात्कार करा रहा है। अपनी व्यवहार कुशलता, वाक्पटुता एवं ओजस्वी भाषण शैली के कारण राघवेन्द्र को जनमानस में अपनी छाप छोड़ने में सफ़लता मिल रही है।

हरीश क्रिकेट में अपनी लगन एवं मेहनत से प्रदेश की रणजी ट्रॉफी टीम में शामिल हो गया है। हरीश ने अपने रणजी ट्रॉफी के प्रथम सत्र में ही तीन शतक एवं चार अर्धशतक जमाकर भारतीय टीम के चयनकर्ताओं का ध्यान अपनी ओर आकर्षित किया है। उसकी प्रतिभा को समाचार पत्रों में पर्याप्त स्थान मिलता है। परन्तु ''भारतवर्ष जहाँ पर क्रिकेट को उत्सव एवं क्रिकेटरों को भगवान माना जाता है, वहाँ पर राष्ट्रीय टीम में प्रवेश पाना एक दुष्कर कार्य है।'' लाखों युवा एवं उनका परिवार राष्ट्रीय टीम में प्रवेश के सपने संजोये हुए अथक परिश्रम करते हैं। जिसमें कर्मवीर भाग्यशाली ही सफ़ल होते हैं।

जितेन्द्र ने अभिनय के क्षेत्र को अपना भविष्य निर्धारित किया है, उसने अभिनय में प्रशिक्षण के लिये दिल्ली स्थित ख्यातिलब्ध अकादमी में प्रवेश लिया है, जहाँ वह देश के ख्याति प्राप्त कलाकारों से प्रशिक्षण ले रहा है। प्रशिक्षण की बारीकी प्राप्त करने में उसे समय लगेगा, इस कारण उसने यह तय किया है कि वह अपना खर्च चलाने के लिये समय-समय पर मंचों पर अपनी प्रस्तुति देगा। ''भारतवर्ष एक ऐसा देश है, जहाँ कर्म से ज्यादा व्यक्ति की पूजा होती है। तभी तो रंगमंच से जुड़ा रंगकर्मी अपनी अद्भुत कला एवं प्रतिभा के बावजूद अपने जीवन-यापन के लिये संघर्ष करता है, वहीं दूसरी ओर ख्याति प्राप्त कलाकारों के बच्चे, भले ही

उनमें खुद की प्रतिभा नहीं हो परन्तु अपने माता–पिता के नाम एवं ख्याति के बल पर सफ़लता के सर्वोच्च शिखर पर आसीन हो जाते हैं, जहाँ पर रहकर वे करोड़ों रूपये आसानी से कमा लेते हैं। इसी कारण कहा जाता है कि भारत में कला नहीं कलाकारों की पूजा की जाती है।'' जितेन्द्र का यद्यपि किसी फ़िल्मी कलाकार के परिवार से संबंध नहीं है, परन्तु उसका आत्मविश्वास एवं लगन उसे सदैव इस बात का अहसास करा रही है कि उसके द्वारा निर्धारित लक्ष्य की प्राप्ति कोई असंभव कार्य नहीं है।

सुनहरे भविष्य के लिये वर्तमान के थपेड़ों की परवाह किये बगैर ये चारों युवा अपने अकल्पनीय प्रयास से आगे बढ़ रहे हैं। अपनी व्यस्तता के बीच इनकी दोस्ती की एक खास बात है कि सुनहरा भविष्य लक्ष्य है तो खुशहाल वर्तमान इनकी प्राथमिकता इस कारण प्रतिदिन जब भी जिसको भी समय मिलता है, आपस में मोबाईल फ़ोन के माध्यम से एक दूसरे का हाल पूछना नहीं भूलते। साथ ही दोस्तों का आपस में प्यार व्यक्त करने वाली असंसदीय भाषा का इस्तेमाल भी लगभग प्रतिदिन नहीं भूलते हैं। दोस्तों का यही प्यार तो उन्हें बांधे रखता है, जिसमें दिखावटी या बनावटीपन नहीं होता।

समय धीरे–धीरे बीतते गया। ये चारों युवा अपने कार्यक्षेत्र में लगातार कुशलता एवं दक्षता हासिल करते हुए आगे बढ़ने लगे। इसी बीच नियति ने अपनी सर्वोच्चता सिद्ध करते हुए ऐसा कार्य किया, जिससे संजय के ऊपर वज्राघात हुआ। संजय के पास रात्रि में ग्यारह बजे उसके पिताजी का फ़ोन आया कि उसकी माताजी की तबियत अचानक बिगड़ गयी है। रात्रि में संजय को अपने प्रशिक्षण संस्थान से निकलने के लिये वही प्रयास करना पड़ेगा जो श्रीरामचन्द्र जी की सेना को समुद्र लांघने के लिये करना पड़ा था। प्रातः होते ही संजय प्रशिक्षण संस्थान के कठोर नियमों का पालन करते हुए मुख्य प्रशिक्षण अधिकारी के समक्ष प्रस्तुत हुआ। प्रस्तुत होते ही असंसदीय शब्द उद्बोधन की पीड़ा से उसका साक्षात्कार हुआ, पर माँ की खराब सेहत की सूचना की पीड़ा के समक्ष यह पीड़ा ज्यादा कष्टकारी नहीं रहा। तमाम डाँट एवं लांछन के उपरान्त पाँच दिवस का अवकाश संजय को प्रदान कर उसे उपकृत किया गया। संजय बड़ी तेजी से रेल्वे स्टेशन की ओर ऑटो रिक्शा में सवार होकर निकल पड़ा। उसका मनः मस्तिष्क माँ की सेहत, पिताजी का फ़ोन, होनी–अनहोनी की आशंका का आघात सहता रहा। वह कब रेल्वे स्टेशन पहुँचा उसे पता ही नहीं चला। रेल्वे स्टेशन पहुँचने पर उसे पता चला की ट्रेन अभी तीन घण्टे विलम्ब से आयेगी। अपनी माँ की खराब सेहत की खबर से परेशान संजय के लिये यह सूचना किसी वज्राघात से कम नहीं था, परन्तु भारतीय मनः मस्तिष्क इस आघात

का अभ्यस्त होता है। "निर्धारित समय पर हुआ कार्य दुर्लभतम् होता है तथा वह अचरज का विषय होता है।" रेल्वे स्टेशन पर सुमधुर आवाज़ में की गई घोषणा की वह ट्रेन जिसमें संजय को सफ़र करना है, वह मात्र तीन घण्टे विलम्ब पश्चात् रेल्वे स्टेशन पर पहुँच चुकी है, किसी अमृत तुल्य सूचना से कम नहीं थी। ट्रेन के पहुँचते ही उस पर सवार होने हेतु योद्धाओं के बीच श्रेष्ठता की जंग शुरू हुई। "भारतवर्ष में किसी भी ट्रेन में सवार होने के लिये दो ही बल की आवश्यकता होती है। पहला धन बल एवं दूसरा बाहुबल। आरक्षित बोगियों में प्रवेश धन बल से होता है, वहीं दूसरी ओर सामान्य बोगियों में प्रवेश के लिये आपका बाहुबली होना नितान्त आवश्यक है।" संघर्ष के इस पल में संजय ने अपना संपूर्ण सामर्थ्य झोंक दिया, तब जाकर उसे बोगी में स्थान मिल पाया। बोगी में जैसे-तैसे उसे बैठने के लिये थोड़ा स्थान मिल पाया। माँ की बीमारी की सूचना ने उसे इतना परेशान कर दिया कि कितने ही स्टेशन आये, कितने ही फ़ेरी कर खाने-पीने का सामान बेचने वाले आये, साथ में बैठे कुछ सज्जनों ने भी साथ में खाने का आग्रह किया, परन्तु शायद माँ की याद ने संजय के पेट की भूख समाप्त कर दी थी। भूख, नींद, आराम से विरत रहकर संजय बीस घण्टे के सफ़र के बाद अपने गाँव के रेल्वे स्टेशन पहुँचा। रेल्वे स्टेशन में उतरते ही ऑटो रिक्शा लेकर सीधे शासकीय अस्पताल पहुँचा, जहाँ उसकी माँ जीवन-मृत्यु से संघर्ष कर रही है। अस्पताल पहुँचने पर उसकी बहन अलका अपने भाई से लिपटकर रो पड़ी। इसके बाद भाई एवं बहन की आँखों से ऐसी अविरल अश्रुधारा बह निकली, जिसने वहाँ पर उपस्थित समस्त लोगों को भाव विह्वल कर दिया। संजय के पिताजी एक पिता के मानवीय स्वभाव के अनुरूप कठोर बने रहे। जिनका बाह्य शरीर इस अश्रुधारा से भीगा नहीं है, परन्तु अंत:मन का उनका विलाप उनके चेहरे पर स्पष्ट रूप से देखा जा सकता है। संजय सीधे अपनी माँ के पास शासकीय अस्पताल के जनरल वार्ड में प्रवेश किया, जहाँ उसकी माँ लोहे के एक पलंग पर बेसुध लेटी थी। उनका ईलाज कर रहे डॉक्टर अभी उनके पास ही खड़े होकर नर्सों से उनकी सेहत के संबंध में चर्चा कर रहे थे। संजय ने बड़े ही कातर भाव से डॉक्टर से अपनी माँ की सेहत के संबंध में जानना चाहा। डॉक्टर अपने अनुभव के आधार पर यह जानते हैं कि मरीजों के परिजन इनसे किस जवाब की अपेक्षा रखते हैं। डॉक्टर ने उसी के अनुरूप संजय को दिलासा दिया, परन्तु संजय का मातृप्रेम से भरा पुत्र मन अभी भी अशांत है। डॉक्टर के रूप में साक्षात् भगवान की उपस्थिति के बावजूद उसकी मन: स्थिति कुछ विचलित नज़र आ रही है। पिताजी एवं बहन के बार-बार समझाने के बावजूद संजय ने निर्णय लिया कि वह अपनी माँ के पास ही अस्पताल में रहेगा।

स्वर्णिम भविष्य की कल्पना एवं ज़िम्मेदारी के यथार्थ का जब आपस में संघर्ष होता है, वह मनः मस्तिष्क पर क्या प्रभाव डालता है, वह संजय अभी वर्तमान में सबसे अच्छे से बता सकता है। संजय एक ओर अपने ''पासिंग आऊट परेड में परेड कमान्डर का स्वर्णिम भविष्य'' को लेकर प्रफुल्लित होता है, वहीं दूसरी ओर बीमार अथक माँ के प्रति ज़िम्मेदारी एवं अगाध स्नेह उसे विचलित किये जा रहा है। इसी अन्तर्द्वन्द के बीच संजय का अवकाशकाल आज पूर्ण हो गया। विभागीय अनुशासन में बंधा व्यक्ति रिश्तों के बंधन में लम्बे समय तक जकड़ा नहीं रह सकता। संजय ने अपनी माँ को अपने वापस प्रशिक्षण संस्थान जाने की बात रूँधे हुये गले से बताया। माँ ने स्पष्ट रूप से शब्दों में कुछ जवाब नहीं दिया, परन्तु उनके चेहरे का भाव मौन स्वीकृति प्रदान कर रहा है। संजय अपने पिताजी एवं बहन से स्वीकृति उपरान्त बोझिल मन से रेल्वे स्टेशन के लिये ऑटो रिक्शा से निकला। आँखों में बहती अश्रुधारा स्वर्णिम भविष्य के क्षितिज पर क्षण भर के लिये धुँधलापन ला रहा है। परन्तु स्वर्णिम लालिमा पुनः अपने चरम पर आ रही है।

ट्रेन पर चढ़ने का दंगल एवं सफ़र के सम्पूर्ण कष्ट का सामना करते हुये संजय अंततः अपने प्रशिक्षण संस्थान वापस पहुँच गया। अपने वरिष्ठ अधिकारी के कार्यालय में पहुँकर उसने नियमानुसार अपनी वापसी दर्ज कराई। ''फोर्स एवं आम जीवन में यहीं अंतर होता है कि जहाँ आम जीवन मानवीय संवेदनाओं से पोषित होता है, वहीं फोर्स में माननीय संवेदनाओं का प्रकटीकरण नहीं होता।'' संजय से इनके किसी भी अधिकारी या ऑफिस के स्टॉफ ने उसकी माँ के बारे में नहीं पूछा, न ही संवेदना के कोई बोल प्रस्फुटित हुये। संजय ऑफिस से सीधे अपने बैरक पहुँचा, जहाँ उसके दोस्तों ने माँ के स्वास्थ्य के बारे में पूछा और संजय को ढाढस बंधाया। आज की रात संजय ने अपनी माँ, उनका स्वास्थ्य, बहन एवं पिताजी की चिंता में गुजार लिया।

प्रातः काल होते ही पाँच बजे प्रशिक्षण संस्थान के बिगुल ने संजय को झकझोरते हुये उसे अहसास कराया कि ''भूतकाल एवं वर्तमान से रागात्मक लगाव रखकर स्वर्णिम भविष्य हासिल नहीं किया जा सकता, वरन् स्वर्णिम भविष्य की ओर द्रुत एवं सक्षमगति से भागने पर ही लक्ष्य हासिल हो सकता है।'' संजय शीघ्रता से तैयार होकर नियत समय पर परेड ग्राउण्ड पहुँच गया और फिर प्रशिक्षण संस्थान के मुख्य प्रशिक्षक एवं अन्य प्रशिक्षकों के कठोर अनुशासन में परेड का अभ्यास प्रारंभ हुआ। परेड का प्रशिक्षण सत्र बहुत ही थका देने वाला होता है। संजय पूरे मनोयोग से परेड कमाण्डर के दायित्वों का निर्वहन कर रहा है। थकान भरा यह सत्र संजय के अपने

पारिवारिक पीड़ादायक परिस्थिति से विरत होने में सहयोगी रहा। शाम पाँच बजते ही परेड रिहर्सल का थका देने वाला सत्र आज के लिये समाप्त हुआ। परेड ग्राउण्ड से संजय अपने बैरक पहुँचा, इसके बाद स्नान करके वह अपने बिस्तर पर लेट गया। शारीरिक एवं मानसिक रूप से थके संजय को कब नींद आ गई उसे पता ही नहीं चला। रात्रि गणना पर जाने के लिये उसके दोस्तों ने जगाया, रात्रि गणना उपरान्त भोजन करके संजय पुनः अपने बैरक में बिस्तर पर पहुँचा, फ़ोन करके अपने पिताजी से माँ की सेहत के बारे में संक्षिप्त जानकारी लेकर वह कुछ किताबें लेकर पढ़ना चाहा। परन्तु कुछ ही क्षणों पश्चात् वह पुनः नींद के आगोश में चला गया। दूसरी सुबह से लेकर रात्रि तक पुनः वह अपने नियमित सत्राभ्यास में व्यस्त रहा। शाम को आज उसका मन कुछ हल्का हुआ, तब उसने अपने दोस्तों राघवेन्द्र, हरीश एवं जितेन्द्र से क्रमशः फ़ोन पर बात किया तथा अपनी माँ की तबियत के बारे में उन्हें विस्तार से बताया। तीनों दोस्तों ने बीमारी की सूचना विलम्ब से देने के लिये संजय को जी-भरकर खरी-खोटी सुनाई। परन्तु साथ ही संजय को ढाढस भी बंधाया तथा स्वयं को उसके दुःख-सुख में साथ होने का विश्वास दिलाया।

अंततः कठोर अभ्यास के बाद प्रतिफ़ल प्राप्त करने का समय आ ही गया। आज सुबह चार बजे से ही प्रशिक्षण केन्द्र में कोलाहल है। सभी प्रशिक्षु अपनी विशिष्ट वेशभूषा जो परेड के समय पहनी जानी है उसे तैयार करने में लगे हैं। परेड की विशिष्ट वेशभूषा प्रत्येक वर्दीधारी पुलिस एवं फोर्स के जवानों का सपना होता है। सुबह छः बजे सभी जवान कलफ़ लगी खाकी वर्दी, लाल नीले बेल्ट, चमकदार काले जूते एवं सिर पर सजी सुन्दर रंगीन पगड़ी एवं हाथ में शस्त्र से सुसज्जित जवानों की टोलियाँ, रंग बिरंगे झण्डों से सजा प्रशिक्षण केन्द्र का परेड मैदान अद्भुत छटा बिखेर रहा है। परेड कमाण्डर संजय एवं उसका सेकण्ड इन कमाण्ड चमकती तलवार लिये परेड का नेतृत्व करने के लिये तैयार हैं। जवानों के इस अद्भुत स्वरूप को अगर दुश्मन भी देख ले तो उसमें संघर्ष का सामर्थ्य ही समाप्त हो जायेगा। नियत समय पर सभी प्रशिक्षुओं के परिजन अपने-अपने निर्धारित स्थानों पर विराजमान हुये, परन्तु संजय के लिये आज का दिन हर्ष-मिश्रित विषाद का दिन है। उसकी माँ की बीमारी के कारण उसके घर से कोई भी उसका पासिंग आऊट परेड देखने नहीं आ पाया है। ''यह मानवीय स्वभाव होता है, कि किसी मनुष्य की उपलब्धि एवं सम्मान का साक्षी या प्रत्यक्षदर्शी जब तक उसके प्रियजन न हो वह उपलब्धि एवं सम्मान कुछ अधूरा सा रह जाता है।'' संजय को अपना सम्मान एवं उपलब्धि इसी कारण अधूरा सा प्रतीत हो रहा है। नियत समय पर सभी वरिष्ठ

अधिकारीगणों एवं मुख्य अतिथि की गरिमामयी उपस्थिति में आकर्षक परेड संपन्न हुआ। सभी उपस्थित अधिकारीगणों एवं जन समुदाय ने मुक्त कंठ से आकर्षक परेड एवं परेड कमाण्डर की तारीफ़ की। आज आम इंसानों की एक बड़ी टीम को एक वर्ष तक कठोरता से तपाकर फ़ौज का जवान बनाया गया है, जिस पर अब राष्ट्र के संपूर्ण जनमानस की सुरक्षा के साथ ही समाज में समरसता की भावना निर्मित करने की ज़िम्मेदारी होगी। परेड समाप्ति उपरान्त नियमानुसार पन्द्रह दिन का अवकाश सभी प्रशिक्षुओं को दिये जाने की घोषणा मंच से की गई। सभी जवानों ने इस अवकाश सत्र के लिये अपनी योजना बनायी होगी, परन्तु संजय की चिन्ता उसकी माँ का स्वास्थ्य है। संजय के सभी दोस्तों ने संजय से आज शाम फ़िल्म देखने एवं रात्रि भोजन कहीं बाहर करने का प्रस्ताव रखा। परन्तु संजय ने विनम्रता से दोस्तों को मना कर दिया तथा शाम को घर लौटने के अपने निर्णय से सब को अवगत कराया। शाम पाँच बजे संजय गर्व-मिश्रित भाव से अपने प्रशिक्षण संस्थान से एक विजेता के रूप में सदैव के लिये विदाई लेकर, अपना सामान समेटकर सीधे रेल्वे स्टेशन के लिये रवाना हुआ।

रेल्वे स्टेशन की जद्दोजहद एवं कठिनाइयों का सामना करते हुये संजय जैसे-तैसे स्लीपर कोच में प्रवेश करने में सफ़ल हुआ। टिकिट तो उसके पास थी। परन्तु सीट उसके पास नहीं थी, वह बोगी में घुसकर अपना सामान यहाँ-वहाँ व्यवस्थित रूप से रखकर बड़े ही कातर भाव से सीटों में बैठे लोगों की ओर निहारते हुये पूरे बोगी का भ्रमण करता रहा, ''परन्तु भारतवर्ष की जनता की महान आदत है कि वर्दीधारी सैनिकों या फ़ौज के जवानों के प्रति सम्मान सिर्फ़ संकटकाल या युद्धकाल में ही प्रकट होता है, शांतिकाल में नहीं।'' संजय बोगी में बैठे लोगों के अव्यक्त तिरस्कार भाव को भाँप गया और खड़े-खड़े ही सफ़र करने का निर्णय मन ही मन लिया। परन्तु कभी-कभी ऐसा भी होता कि आस की अंतिम साँस उखड़ने से ठीक पूर्व की पुनः वायु संचरण से साँस आ जाती है। एक बुजुर्ग महिला करीब पैंसठ वर्ष की थी, उसमें संजय के लिये दया का भाव आया तथा उसने अपने विनम्र चरित्र का परिचय देते हुये, संजय को अपनी सीट में साथ आकर बैठने के लिये कहा। शायद उनका यह आमंत्रण आस-पास बैठे शारीरिक रूप से सक्षम युवाओं के मुँह पर एक करारा तमाचा था। संजय ने उस वृद्ध महिला का आमंत्रण सहर्ष स्वीकार कर लिया और बड़े अदब से सीट के एक कोने में बैठ गया। आज उसके मन में उस वृद्ध महिला के लिये उतना ही सम्मान का भाव आया, जितना सम्मान वह अपनी माँ का करता है। ''भारतवर्ष की एक और खासियत है भारतीय ट्रेन सिर्फ़ दो शहरों को आपस में नहीं जोड़ती वरन् वह उसमें सफ़र करने वालों के दिलों को भी जोड़ती है।

भारतीय ट्रेन के सफ़र में लोग आपस में अल्प समय में ही ऐसे घुल-मिल जाते हैं, मानो उनका आपस में जनम-जनम का नाता हो। दिल का यह जुड़ाव पेट से शुरू होता है, यात्रीगण अपने पास रखे खाने-पीने की वस्तुओं से एक-दूसरे के प्रति सम्मान व्यक्त करते हुये खाने के लिये निवेदन करते हैं, वहीं से दिल के जुड़ाव की शुरुआत होती है, जो सफ़र के अंतिम पड़ाव तक अपनी गहराई एवं मजबूती ले लेती है। कभी-कभी तो यह जुड़ाव रिश्तेदारी में तब्दील हो जाती है।''

संजय घर जाने की हड़बड़ाहट में खाने-पीने का कोई सामान अपने पास नहीं रख पाया था। रात के आठ बजते ही वृद्ध महिला ने अपने पास रखे टिफ़िन को खोला तथा संजय से भी उसमें रखी रोटी सब्जी खाने का आग्रह किया। संजय को यद्यपि भूख बहुत लगी थी, परन्तु संकोचवश भूख नहीं लगने की बात कहते हुये विनम्रता-पूर्वक मना किया। परन्तु माँ शब्द ही ऐसा होता है, जो सभी बच्चों को अपना बच्चा मानती है और अनकही बातों को भी वह समझ जाती है। संजय के संकोच को उस वृद्ध महिला ने समझ लिया तथा अधिकार जताते हुए संजय को रोटी-सब्जी खाने का आदेश दिया। माँ स्वरूप उस महिला के आदेशरूपी प्यार के समक्ष नतमस्तक होते हुए संजय ने उसमें से रोटी-सब्जी लिया और धन्यवाद ज्ञापित करते हुए खाना पूर्ण किया। अब पेट की अग्नि शांत होते ही संजय के मन में रात्रि कैसे काटी जायेगी उसको लेकर चिंता का भाव है। अब क्योंकि सज्जनता दिखाने की बारी उसकी थी। संजय जानता था कि अब उस वृद्ध महिला के नींद का वक्त हो गया है। इस कारण वह उनको अभी तक के सहयोग एवं भोजन के लिये पुनः धन्यवाद ज्ञापित कर बोगी में अन्य जगह तलाश करने निकल पड़ा। परन्तु पूरी बोगी में कोई भी सीट नहीं मिली। संजय अब बोगी में सर्विस प्रदान करने वाले कर्मचारियों की जगह पर जाकर उनसे निवेदन कर वहीं पर बैठ गया, अब पूरी रात उसे वहीं पर बिताना होगा। संजय ने समय व्यतीत करने के लिये अब अपने मोबाईल फ़ोन को ही सच्चा साथी माना। हेडफ़ोन लगाकर वह गाना सुनने लगा। काफ़ी समय बाद जब नींद उसे अपने आगोश में लेने लगी तब उसने हेडफ़ोन उतारा और बैठे-बैठे सोने की कोशिश करने लगा। अंततः वह नींद के आगोश में समा गया। सुबह अन्य यात्रियों की आवाज़ाही से उसकी नींद टूटी, स्वयं को व्यवस्थित करते हुये वह स्वयं भी नित्यकर्म से निवृत्त हुआ। अभी भी उसे अपने स्टेशन पहुँचने के लिये दो घण्टे का सफ़र तय करना है परन्तु संघर्षपूर्ण रात्रि बीत जाने के कारण दो घण्टे के सफ़र का भय उसे नहीं है। दो घण्टे बाद उसका स्टेशन आ गया अपना संपूर्ण सामान समेटते हुये संजय उस वृद्ध महिला को पुनः धन्यवाद ज्ञापित कर बोगी से नीचे उतर गया।

रेल्वे स्टेशन पर अपने कर्तव्य-पथ का यह विजेता जिसने अपने अंत:मन के संघर्ष में विजय हासिल की है उसके के लिए ना तो स्वागत करने वाले लोग है, ना ही गाजा-बाजा का शोर जैसा आम तौर पर क्रिकेट खिलाड़ी, फ़िल्म स्टार या राजनेताओं के स्वागत के लिये होता है। परन्तु इसका संजय को कोई मलाल नहीं है। एक सैनिक अपनी हस्ती जानता है, परन्तु स्वयं के विजेता होने के गर्वित भाव से आत्मविश्वास से पूर्ण उसके पग अपने हाथ एवं कंधे पर रखे बोझ के बावजूद बड़ी कुशलता से ऑटो रिक्शा की ओर बढ़े। ऑटो रिक्शा वाले से भाव-ताव कर संजय सीधे अपने घर पहुँचा, जहाँ पर उसकी बीमार माँ हॉस्पिटल से घर आ चुकी है। संजय के घर पहुँचते ही लम्बे समय से उसका इंतज़ार कर रही उसकी बहन अलका ने गले लगाकर अपने भाई का स्वागत किया तथा उसे विजेता होने का अहसास कराया। पिताजी ने भी आज अपने पिता होने के भाव में माँ का भाव भी शामिल कर लिया तथा बड़े प्यार से संजय को गले लगाते हुए उसका स्वागत किया। माँ बिस्तर पर लेटी है, परन्तु आज बेटे के आने की खुशी में उसका शारीरिक सामर्थ्य बढ़ गया है तथा स्वास्थ्य में सुधार भी दिखाई पड़ रहा है। संजय अपनी माँ को देखते ही अत्यन्त भावुक हो उठा तथा अपनी माँ के गले लगकर जी भरकर रोया, मानो उसके मन में लम्बे समय की पीड़ा का संग्रहण आज अश्रुधारा की अविरलता को अपना साधन बनाकर बाहर निकल जाना चाहता हो। भावुक माँ ने गले लगाकर पुचकारते हुये अपने बेटे के मन को शांत किया। संजय ने बीती रात की अपनी कष्टकारी यात्रा एवं उस वृद्ध महिला के असीम प्यार एवं सहयोग के बारे में अपनी माँ को विस्तार से बताया। संजय एवं उसकी बहन दोनों ने निर्णय लिया कि वे आज मिलकर नाश्ता एवं खाना बनायेंगे जिस पर पिताजी ने अपनी सहर्ष सहमति दे दी।

सुबह का नाश्ता एवं दोपहर का भोजन करने के बाद संजय ने अपने दोस्तों जितेन्द्र, राघवेन्द्र एवं हरीश को फ़ोन लगाया। सभी दोस्तों ने निर्णय लिया कि संजय के अवकाश का समय सभी साथ मिलकर मौज-मस्ती के साथ बितायेंगे। दो दिवस के अन्दर ही सभी अपने गाँव पहुँच जायेंगे। शाम होते ही संजय अपने घर से निकलकर जितेन्द्र के घर पहुँचा, सच्चे दोस्त का घर समस्त प्रकार की औपचारिकताओं से मुक्त होता है। संजय पूरे अधिकार से घर के अन्दर गया, बैठक कक्ष में बैठे हुए जितेन्द्र के पिताजी को प्रणाम करते हुए सीधे किचन में गया, जहाँ जितेन्द्र की माँ एवं बहन खाना पका रहे थे। जितेन्द्र की माँ को प्रणाम करते हुए छोटी बहन को प्यार से पुचकारा एवं सीधे अधिकार पूर्वक उनसे कहा कि खाने में क्या बना है? तथा वह उनके साथ ही खाना खायेगा। "यही अन्तर होता है, एक गाँव एवं बड़े शहर के रहवासियों में। बड़े शहर की भाग दौड़ की ज़िन्दगी ने शहरवासियों का दिल छोटा

कर दिया है, दोस्त तो दूर की बात है, करीबी रिश्तेदार भी वहाँ एक-दूसरे के मेहमान होते हैं। खान-पान का आग्रह एवं उसका जवाब सिर्फ़ औपचारिकता तक सिमट गयी है।'' संजय पूरे समय अपने प्रशिक्षण के किस्से जितेन्द्र की माँ एवं बहन को सुनाते रहा। बात सुनते-सुनते उन लोगों ने खाना बना भी लिया। अब डायनिंग टेबल पर खाना रखने में संजय ने उनकी मदद की। जितेन्द्र के पिताजी भी साथ आ गये। सभी ने स्वादिष्ट भोजन का आनन्द लिया। संजय तो ऐसा तृप्त नज़र आ रहा था, मानो जीवन में पहली बार उसने ऐसा खाना खाया हो। प्रशिक्षण विद्यालय का वह भयावह खाना शायद इसकी वजह हो। खाना खाने के उपरान्त बर्तन समेटते हुए जितेन्द्र की माँ ने संजय से उसकी माँ की सेहत के बारे में विस्तार से चर्चा की क्योंकि संजय की अनुपस्थिति में वह संजय की माँ से नियमित संपर्क में रही है। आपस में बात करते-करते रात के दस बज गये। संजय ने अनुमति लेकर अपने घर की ओर रूख किया। घर पहुँचकर संजय आज अपनी माँ के साथ उनके कक्ष में ही सोया। माँ भी अपने पुत्र को अपने साथ पाकर आह्लादित एवं प्रफुल्लित है।

प्रात: काल पाँच बजते ही संजय अचानक व्यग्रता से बिस्तर छोड़कर उठा एवं बाहर की ओर जाना चाहा तभी उसे सहसा ज्ञात हुआ कि वह अब घर पर है, प्रशिक्षण विद्यालय में नहीं जहाँ नियमानुसार इस समय तक उठना पड़ता था। प्रशिक्षण के अनचाहे कष्ट से मुक्ति के अहसास से प्रसन्न होकर संजय पुन: गहरी निद्रा में चला गया, जो प्रात: नौ बजे पिताजी के प्यार भरे कठोर शब्द से टूटी। संजय नाश्ता करने के उपरान्त अपने दोस्त राघवेन्द्र एवं हरीश के घर उनके परिजनों से मिलने के लिए निकल पड़ा। राघवेन्द्र एवं हरीश के घर में भी संजय को वही आत्मीयता मिली जैसा जितेन्द्र के घर में उसे मिली थी। राघवेन्द्र एवं हरीश के आने के बारे में उनके परिजनों से बातचीत हुई। अपनी आप-बीती एवं प्रशिक्षण विद्यालय के संस्मरण सुनाये, इसके उपरान्त माँ की देखभाल का ख़्याल आते ही वह शीघ्र घर लौट आया।

माँ भी आज अपनी सेहत में काफ़ी सुधार महसुस कर रही है, संजय एवं उसकी बहन अलका के साथ बैठकर बातचीत का सिलसिला शुरू हुआ। माँ की बातें अब उस दिशा में चलने का संकेत करने लगी जो संजय को किसी बंधन में बांधने का संकेत कर रही है। अलका भी माँ की बातों से सहमत होकर उनकी बातों को गति प्रदान कर रही है। बंधन अर्थात् संजय की शादी के लिए बनाई जा रही भूमिका को संजय समझ गया, जो उसके चेहरे पर हर्ष-मिश्रित लालिमा के रूप में प्रकट हो रही है। माँ ने उचित माहौल तैयार होते ही अपनी अप्रत्यक्ष मंशा को प्रत्यक्ष रूप में शब्दों से व्यक्त करते हुए संजय से पूछा कि वह इस वर्ष उसका विवाह कराना

चाहती है। परन्तु संजय अपनी ज़िम्मेदारी तथा नौकरी की व्यावहारिक जटिलता का वर्णन करते हुए अपनी माँ से आग्रह भरे स्वर में उनके प्रस्ताव को ठुकराने की बात रखता है। बहन अलका ने तो अभी तक अपने भाई के विवाह की पूरी रूपरेखा मन में खींच रखी थी। संजय के मना करते ही मानो उसकी भावना पर वज्राघात हो गया। वज्राघात से पीड़ित अलका झल्लाते हुए बोली जब माँ की इच्छा है तो भैय्या आपको माँ की बात मान लेनी चाहिए। संजय अपनी बहन की पीड़ा को समझ गया, हँसते हुए उसे झूठा आश्वासन दिया कि ठीक है, बाद में इस संबंध में विचार करेंगे।

कल का आने वाला दिन संजय के लिए बहुप्रतीक्षित है, क्योंकि लम्बे अर्से के बाद सभी दोस्त मिलने वाले हैं। ''मिलन की आतुरता उन सभी रिश्तों में होती है, जिसमें अपनापन होता है।'' दोस्तों से मिलन के सपने संजोये संजय आज इतना प्रसन्न है कि माँ की सेहत की आज वह चिन्ता करना ही भूल गया। खाना खाकर वह जल्दी सो गया, क्योंकि जितेन्द्र सुबह छः बजे की ट्रेन से आ रहा है। संजय जितेन्द्र को लेने जाएगा ऐसा उसने जितेन्द्र के घर वालों को पहले से ही बता दिया है। पूरी रात संजय अनिद्रा में रहा। दोस्तों के आने का ख़्याल, उन्हें लेने जाने की जिम्मेवारी से संजय को पूरी रात नींद नहीं आयी।

भोर होते ही संजय शीघ्रता से स्नान कर तैयार हो गया। जितेन्द्र की ट्रेन का छः बजे आने का समय नियत था। संजय अपने पिताजी की मोटर सायकल लेकर सीधे रेल्वे स्टेशन के लिए निकल पड़ा। स्टेशन जाने की हड़बड़ी में वह अपना मोबाईल साथ लेकर जाना भूल गया। संजय ने रेल्वे स्टेशन का शॉर्टकट रास्ता अपनाना उचित समझा। गलियों से होकर जाने के लिए वह निकला ही था। ''कहा जाता है कि किसी महत्वपूर्ण कार्य का मार्ग आसान नहीं होता है।'' संजय गली में ट्रैफिक जाम में बुरी तरह फँस गया। संजय ने जैसे ही अपनी घड़ी देखी, व्याकुल हो गया क्योंकि सात बज चुके थे। उसके मन में ख़्याल आया कि काश जितेन्द्र की ट्रेन थोड़ी लेट हो गई हो। कठिन संघर्ष के बाद जाकर संजय उस गली से निकल पाया। तेजी से मोटर सायकल चलाते हुए वह रेल्वे स्टेशन पहुँचा। स्टेशन के अंदर प्रवेश करते हुए उसने जिस ट्रेन से जितेन्द्र आ रहा था उसकी जानकारी ली। पता चला कि आज ट्रेन नियत समय से पाँच मिनट पूर्व ही रेल्वे स्टेशन पर आ गई थी। ''भारतीय ट्रेन की यही महिमा उसे विश्व के मानचित्र पर अद्वितीय स्थान प्रदान करती है''। संजय प्लेट फार्म पर जितेन्द्र को ढूँढने का भरसक प्रयास करते रहा। उसे स्वयं पर गुस्सा भी आया कि काश वह अपना मोबाईल घर में नहीं भूलता तो उसे ऐसी अप्रिय स्थिति का सामना नहीं करना पड़ता। संजय स्वयं को थोड़ा संयमित करते हुए अपनी मोटर सायकल से सीधे जितेन्द्र के घर के लिए निकला यह सोचकर कि जितेन्द्र

सीधे अपने घर गया होगा। जितेन्द्र के घर जाकर उसने पाया कि वह अभी तक घर ही नहीं पहुँचा है। जितेन्द्र की माँ से पूछने पर उसे ज्ञात हुआ कि जितेन्द्र रेल्वे स्टेशन से सीधे संजय के घर उसकी बीमार माँ को देखने गया है। इतना सुनते ही संजय की आँखे भर आयी, दोस्ती की प्रगाढ़ता ऐसे ही समय पर प्रकट होती है।

संजय तेजी से मोटर सायकल से अपने घर पहुँचा। घर के अंदर प्रवेश करते ही उसने देखा कि जितेन्द्र उसकी माँ के पास बैठकर उनसे लाड-प्यार हासिल कर रहा है। संजय ने जितेन्द्र को आवाज़ लगाते ही रोते हुए उसे गले से लगा लिया, दोनों दोस्त गले लगकर एक-दूसरे को भींचते हुए यह एहसास करा रहे हैं कि यह मिलन की कड़कता एक-दूसरे के प्रति प्यार की मजबूती को व्यक्त कर रही है। करीब दस मिनट तक आपस में बातें करके जितेन्द्र ने राघवेन्द्र एवं हरीश के आने के समय की जानकारी ली और साथ में उन लोगों को स्टेशन लेने साथ में जाने की हिदायत देकर वह संजय के घर से निकल पड़ा। दोपहर दो बजे की ट्रेन से राघवेन्द्र एवं हरीश साथ आ रहें है। जितेन्द्र को स्टेशन पर न ले पाने की घटना से सबक लेते हुए संजय ने तय किया कि वह जितेन्द्र को साथ लेकर एक बजे ही रेल्वे स्टेशन पहुँच जाएगा।

अलका ने दोपहर का भोजन बना लिया है। संजय ने अलका को आवाज़ लगाते हुए भोजन परोसने हेतु आदेशित किया। "बड़े भाई का प्यार सदैव ही आदेश के रूप में मिलता है, यही भारतीय समाज की मजबूत एवं दिल को छू जाने वाली विशेषता है।" संजय ने माँ से भोजन एवं दवाई खाने के संबंध में पूछते हुए अपना भोजन ग्रहण करना प्रारंभ किया। जल्दी-जल्दी खाते हुए उसने जितेन्द्र को तैयार होने के लिए मोबाईल से निर्देशित किया। खाना खाकर हाथ पोंछते हुए संजय तीव्रता से बरामदे की ओर भागा एवं मोटर सायकल लेकर जितेन्द्र के घर पहुँचा। जितेन्द्र भी निर्देशानुसार अपनी मोटर सायकल लेकर तैयार खड़ा था। संजय को देखते ही वह बाहर निकला। संजय आज तंग गलियों से शॉर्टकट रास्ते के उपयोग करने के अपने प्रात:कालीन निर्णय से सबक सीख चुका था, अत: अब वे दोनों मुख्य मार्ग से होते हुए रेल्वे स्टेशन पहुँचे। दोपहर के एक बजे वे मुख्य रेल्वे स्टेशन पर पहुँच गए। स्टेशन पर पता चला कि राघवेन्द्र एवं हरीश जिस ट्रेन से आ रहे हैं, वह एक घण्टे विलंब से आएगी। दोनों दोस्तों ने निर्णय लिया कि वे रेल्वे स्टेशन पर घूमते-फिरते ही उनका इंतज़ार करेंगे। "रेल्वे स्टेशन पर ट्रेन के इंतज़ार का वक्त भी कई प्रकार से व्यतीत किया जाना भारतीय रेल्वे स्टेशनों में बड़ा ही दर्शनीय होता है। किसी महाशय को आप दाँत एवं मुँह साफ़ करते हुए देखते हैं जो आपको अहसास कराते हैं कि वे अपने घर एवं स्टेशन में फ़र्क महसूस नहीं करते। कोई माताजी अपनी

बेटी, नातीन या पोती का बाल संवारते हुए दिखाई पड़ जाएगी। कोई योग साधक इस खाली समय का उपयोग योग साधना में करते हुए दिखाई पड़ जाते हैं। देश की युवा पीढ़ी मोबाईल एवं लेपटॉप की गुलामी स्वीकार कर उसके साथ ऐसे लगे रहते हैं कि वे चलते-चलते कई लोगों से टकराकर भी नाराज़ नहीं होते तथा "सॉरी" शब्द फेंक कर आगे बढ़ जाते हैं। कई महाशय इतने कोलाहल के माहौल में भी ऐसी चिर निद्रा में पसर जाते हैं, मानो वे ऐसे साधक हैं जिस पर बाह्य जीवन का कोई प्रभाव नहीं पड़ता है।" इन्हीं सब मानवीय गतिविधियों को निहारते हुए संजय एवं जितेन्द्र चाय की चुस्कियों के साथ एक-दूसरे का हाल-चाल जानने लगे। जितेन्द्र ने बताया कि उसने बहुत से फ़िल्म निर्माताओं एवं निर्देशकों से मिलकर अपना बायोडाटा एवं स्क्रीन टेस्ट दिया है, जल्द ही उसे कोई न कोई अच्छा काम मिल जाएगा। अपने-अपने संघर्षों को एक-दूसरे से बाँटते हुए दोनों की आँखें सहसा डबडबा जाती थी तथा भावनाओं पर काबू पाकर वे दोनों सहज होने का प्रयास करने लगे। आपसी बातचीत में पता ही नहीं चला की कब ट्रेन आने की घोषणा हो गई। अचानक संजय ने घोषणा सुनी, वे तुरन्त ही सचेत होते हुए उठ खड़े हुए।

ट्रेन जैसे ही रूकी, बोगी नंबर एस-3 के गेट पर दोनों की निगाहें जा टिकी एवं तब तक एकटक उसे निहारते रहे जब तक राघवेन्द्र एवं हरीश उस बोगी से बाहर नहीं आ गए। अपना-अपना सामान लेकर राघवेन्द्र एवं हरीश जैसे ही बोगी से नीचे उतरे संजय और जितेन्द्र ने लपक कर उनके कांधों पर रखे बैग को ले लिया तथा अपने दोस्तों का बोझ कम किया। परन्तु यह भी कितना सुखद अपमान है, जब दोस्त बैग लेकर बोझ कम करें और बदले में यह उलाहना दे कि गरीब, कंजूस कुली तो कर नहीं सकता हम ही कुली बन गए हैं। राघवेन्द्र और हरीश को भी यही शब्द संजय एवं जितेन्द्र से सुनने को मिला। परन्तु वह दोस्त कैसा, जो नहले पर दहला नहीं मारे, राघवेन्द्र ने सहज रूप से कहा कि संजय तुम तो फ़ौजी हो भविष्य में तुमको सबका बोझ उठाना है। शायद ऐसा शब्द किसी अन्य ने कहा होता तो संजय अपने समस्त पौरूष बल से उसका प्रतिकार करता, परन्तु दोस्त के मुँह से निकली ये बातें उसे जरा भी बुरी नहीं लगी। उसने पलट कर कहा जब तक हम फ़ौजी हैं तभी तक तुम्हारी शान है नहीं तो दुश्मन कब तुम्हारा सर्वनाश कर दे तुमको पता ही नहीं चलेगा। आपस में एक-दूसरे की टाँग खींचते चारों दोस्त रेल्वे स्टेशन की पार्किंग में पहुँचे, जहाँ संजय एवं जितेन्द्र ने अपनी-अपनी मोटर सायकल खड़ी की थी। संजय के साथ राघवेन्द्र एवं जितेन्द्र के साथ हरीश बैठा, सामान जैसे-तैसे मोटर सायकल में एवं स्वयं पर लादने में सफ़ल होकर वे सबसे पहले राघवेन्द्र के घर पहुँचे। उसे वहाँ छोड़कर हरीश के घर पहुँचे, हरीश को घर छोड़ते हुए शाम को

घनश्याम हॉटल में मिलने की बात तय करके संजय एवं जितेन्द्र भी अपने-अपने घर को निकल पड़े।

शाम को नियत समय पर चारों दोस्त घनश्याम हॉटल में जैसे ही पहुँचे, उन्हें ऐसा आभास हुआ मानो अपनी मंज़िल पर पहुँच गये हों। यह वही स्थान है जहाँ इन चारों ने अपना अमूल्य समय बिताया है तथा सुखद सुन्दर भविष्य की रूप-रेखा भी यहीं खींची है। घनश्याम हॉटल के मालिक घनश्याम चाचा ने इन चारों को देखते ही बड़ी गर्मजोशी से स्वागत किया एवं सबसे उनका हालचाल पूछा। चारों दोस्तों ने भी संपूर्ण शिष्टाचार निभाते हुए घनश्याम चाचा को अपना हालचाल बताया। हॉटल के अपने पसंदीदा समोसे एवं चाय का ऑर्डर दिया गया। ''युवाओं की टोली कोई न कोई इस प्रकार के स्थान को अपना दूसरा घर बनाकर रखते हैं, जहाँ घर के अतिरिक्त अपना अधिकांश समय व्यतीत करते हैं। ऐसे स्थान की एक और खासियत होती है, यहाँ मालिक, ग्राहक एवं कर्मचारी का संबंध औपचारिक नहीं होता, यहाँ पर सच्चे रिश्ते से भी अच्छे रिश्ते आपस में बन जाते हैं। समोसा, चाय बनाने वाला भी चाचा या भाई का संबोधन पाता है, समोसा और चाय परोसने वाला छोटू भी हर किसी के छोटे भाई से कम नहीं होता।'' चाय समोसा के साथ हँसी मज़ाक का दौर शुरू हुआ। राघवेन्द्र ने घनश्याम चाचा को पूछा कि चाचा दुनिया बदल गई, आपके यहाँ के ये टेबल कुर्सी किस युग तक बदल जाएंगे। धनश्याम चाचा भी हाजिर जवाब थे, उन्होने कहा कलयुग में तो इंसान ही प्रतिपल बदल रहे हैं। जब इंसान बदलना बंद कर दे तो ये भी बदल जायेंगे। इस मज़ाक को आगे बढ़ाते हुए जितेन्द्र ने कहा चाचा ने अपने परलोक जाने के लिए इसे बचाकर रखा है, जब जायेंगे तो इसे ले जायेंगे। इतना कठोर मज़ाक आम रिश्तों में ऐसी दीवार बना दे जो कभी न टूटे। पर अपनत्व का बड़प्पन घनश्याम चाचा के मुख से प्रस्फुटित हुआ। उन्होंने कहा जितेन्द्र आधा मेरे लिए परलोक जाने के काम आयेगा आधा तेरे पिताजी के परलोक जाने के। अपनत्व की यह भाषाई बयार लगातार बहती रही तथा सभी उसका आनंद लेते रहे। दोस्तों को आपस के मज़ाक ने कभी गुस्सा भी दिलाया तो प्रतिक्रिया ऐसी दी जिसे शालीनता की परिभाषाओं में लाने का प्रयास किया जा सकता है। घनश्याम चाचा ने अपने अधिकार का प्रयोग करते हुए ऐसा तीर छोड़ा जो युवाओं पर अधिकांशतः छोड़ा जाता है और वह सदैव लगता है। वह तीर है, बेरोज़गारी पर तंज। घनश्याम चाचा ने कहा संजय तुम तो अब इस हॉटल का बिल हमेशा पटाओगे। तुम पर अब घर के बोझ के साथ-साथ इन तीनों बेचारे बेरोजगारों का बोझ भी आ गया है। घनश्याम चाचा की यह मज़ाक वाली बात किसी तीक्ष्ण जहर बुझे तीर की तरह जितेन्द्र, राघवेन्द्र एवं हरीश के सीने में जा घुसी, परन्तु चाह

कर भी उफ़ नहीं कर पाये। परन्तु उनका सहज मनः मस्तिष्क असहज हो गया। बनावटी हँसी हँसते हुए तीनों ने कहा, नहीं चाचा जल्द ही हम भी कुछ बन जायेंगे और आपकी टूटी कुर्सी जरूर बदल देंगे। तब तक इस एक मात्र कमाऊ दोस्त के पैसे पर ही समोसा और चाय खायेंगे-पियेंगे। इस व्यंग्यात्मक मज़ाक की श्रृंखला में सबसे ज्यादा आहत संजय का मन हुआ। मन ही मन सोचने लगा कि घनश्याम चाचा की मज़ाक की बात उसके दोस्तों को इतनी भी बुरी न लग जाये कि वे उससे दोस्ती छोड़ दें। फिर उसको विश्वास होने लगा कि नहीं उसके दोस्त ऐसा नहीं करेंगे। इसी दिमागी उधेड़बुन के बीच जितेन्द्र ने कहा संजय घनश्याम चाचा के पैसे तुम चुकता करोगे कि मुझे कुछ करना पड़ेगा। जितेन्द्र के इन शब्दों ने संजय को यह राहत दिला दी कि उसके दोस्त उससे नाराज़ नहीं है। संजय ने हँसते हुए कहा, अरे नहीं भाई पैसा मैं ही चुकता करूँगा। संजय ने खुशी-खुशी बिल चुकता किया और सभी दोस्त अपने-अपने घर के लिए निकल पड़े।

शाम सात बजे जितेन्द्र, हरीश एवं राघवेन्द्र संजय के घर बिना किसी सूचना के टपक पड़े। घर आते ही यह भी बताया कि वे आज खाना संजय के घर ही खायेंगे। संजय की बहन अलका अपने भाईयों का आदेश पाते ही किचन की ओर चल पड़ी। परन्तु अलका की परेशानी को समझते हुए इन सभी ने किचन में उसकी मदद करना उचित जाना। सभी ने मिलकर खाना बनाया, इसी दौरान अलका ने बताया कि संजय के विवाह के लिए माँ कह रही है, परन्तु संजय मना कर रहा है। इतना सुनते ही संजय के तीनों दोस्तों को शरारत करने का सुनहरा अवसर मिल गया। वे तीनों किचन से माँ के पास भागे। माँ को घेरकर बैठते ही जितेन्द्र ने कहा, माँ अब संजय की शादी करना जरूरी है। आप की तबियत ठीक नहीं है, अलका की पढ़ाई भी प्रभावित हो रही है। राघवेन्द्र और हरीश ने भी जितेन्द्र की हाँ में हाँ मिलाया। इन तीनों के विचारों में माँ की तकलीफ़ एवं अलका की परेशानी से ज्यादा संजय को परेशान कर मज़ा लेना ज्यादा परिलक्षित हो रहा है। इसी बीच संजय के पिताजी भी घर पहुँच गए। शोर-गुल सुनकर वे भी सीधा संजय की माताजी के कक्ष में गए तथा वे भी संजय के विवाह प्रस्ताव के वार्तालाप में शामिल हो गए। जितेन्द्र, हरीश एवं राघवेन्द्र ने अपनी कुटिल चाल चलते हुए संजय का विवाह शीघ्र करने के लिए संजय के पिताजी को भी तैयार कर लिया। वार्तालाप का यह क्रम भोजन के टेबल पर भी चलता रहा। भोजन समाप्ति के साथ ही यह तय हुआ कि आज से तीन दिन बाद प्रतापपुर के शिक्षक बालगोविन्द जी के घर से उनकी बिटिया के लिए आये विवाह प्रस्ताव पर संजय के लिए लड़की देखने सभी जाएंगे। संजय इस पूरे घटना क्रम में बेचारा ही बना रहा। शादी के लिए उसकी ''ना'' को आज उसके

दोस्तों ने कैसे उसकी बिना सहमति के ''हाँ'' में बदल दिया। वह अंदर ही अंदर अपने दोस्तों को कोसते रहा, परन्तु पिताजी के सामने व्यक्त नहीं कर सका। जितेन्द्र, हरीश और राघवेन्द्र अपने घर जाने के लिए बाहर निकले उनके पीछे संजय भी घायल शेर की तरह पीछे से लपका, घर से बाहर पहुँचते ही घायल शेर रूपी संजय ने समस्त अमर्यादित शब्दों की माला अपने दोस्तों को पहनाते हुए उनकी विदाई की। प्रतिदिन चारों दोस्त आपस में कहीं न कहीं घूमने निकल जाते, क्रिकेट खेलते, कई घण्टे गपशप करते हुए अपना समय व्यतीत करते रहे।

आज का दिन संजय के लिए लड़की देखने प्रतापपुर जाना नियत हुआ है। सुबह नौ बजे जितेन्द्र, हरीश एवं राघवेन्द्र ऐसे सज-धज कर संजय के घर पहुँचे मानो संजय की बारात जा रहे हों। संजय एवं उसकी बहन भी तैयार हैं। पिताजी पूजा घर से निकलकर अपने कक्ष में तैयार होने गए हैं। संजय की माँ की देख-रेख के लिए जितेन्द्र की माँ आ गई है। संजय के पिताजी लड़के के पिताजी होना प्रदर्शित करने के लिए आलमारी में रखी नई कलफ़दार कुर्ता पायजामा पहनकर जब अपने कक्ष से निकले तो सच में ऐसा प्रतीत हुआ कि संजय की बारात ही निकलने वाली हो। किराये का वाहन संजय के घर तैयार खड़ा हुआ है, इसमें सवार होकर सभी प्रतापपुर के लिए निकल पड़े। चार घण्टे के लम्बे थकान भरे सफ़र के बाद अंततः सभी बालगोविन्द जी के घर पहुँच गए। विवाह के लिए ना-नुकर करने वाले संजय ने कार से उतरते ही अपने बालों को हाथों से सँवारा तथा अपने कपड़ों को ऊपर से नीचे तक निहारा। यह इस बात का संकेत है कि ऊपर से ना कहने वाले इंसान का अंतःमन कहीं ना कहीं से हाँ कह पाने की संभावना महसूस कर रहा है। बालगोविन्द जी ने लड़की के पिता होने के नाते स्वयं को अत्यधिक विनम्रता से प्रस्तुत किया। ''भारतीय सामाजिक परिप्रेक्ष्य में लड़की के पिता से यही अपेक्षा भी की जाती है। परन्तु कुछ पिता इस विनम्रता को सहज प्रक्रिया मानते हैं, वहीं कुछ पिता अपने आत्म गौरव का ध्यान रखते हुए इसे घर में बेटी पैदा होने का कड़वा प्रतिफ़ल मानते हैं। शायद यही मनोभाव समाज में लड़कियों का अलग-अलग स्थान निर्धारित करता है।'' बालगोविन्द जी ने विनम्रता से आग्रह करते हुए सभी लोगों को बैठने के लिए कहा। आतिथ्य सत्कार की परंपरा का निर्वहन भी अच्छे से किया जाने लगा, कई प्रकार की मिठाईयाँ, नमकीन, फल सभी परोसे गये। सभी ने स्वेच्छा अनुसार इस आतिथ्य सत्कार का लाभ लिया। संजय के अंदर की घबराहट उसके व्यवहार में परिलक्षित हो रही थी और उसकी यह स्थिति उसके दोस्तों को सुकून का अहसास करा रही थी। संजय के सभी दोस्त आज स्वयं को मर्यादा में बांधकर मर्यादित व्यवहार से संजय पर अहसान कर रहे थे। सबसे अलग अलका का ध्यान लगातार

घर के अंदर के दरवाजे पर लगे पर्दे की तरफ था, जहाँ से उनकी संभावित "भाभी" प्रकट होने वाली है। इसी बीच विशुद्ध भारतीय परिधान में बालगोविन्द जी की सुपुत्री योगिता चाय की ट्रे लेकर सकुचाते हुए आयी। "भारतीय समाज में लड़कियों का इस तरह का प्रदर्शन लड़कियों के लिए बड़ा ही अजीब एवं कष्टकारी होता है, इस क्षणिक प्रदर्शन में ही उसे अपने रूप सौंदर्य, कार्यकुशलता, व्यवहारिकता एवं अन्य दक्षता भी प्रदर्शित करना पड़ता है। इसके लिए घर के बड़े बुजुर्ग से लेकर परिवार के सभी सदस्यों की समझाईश को याद रखना पड़ता है। इसमें घर के अस्सी वर्ष के बुजुर्ग से लेकर दस साल के सबसे छोटे सदस्य की भी समझाईश सुननी पड़ती है।" योगिता के रूप-सौंदर्य को देखकर अलका ने तुरन्त ही उसे अपनी भाभी मान लिया। संजय ने भी योगिता के रूप-सौंदर्य को अपने दोस्तों से नज़र चुराते हुए निहार ही लिया। संजय के पिताजी ने प्यार भरे लहजे में योगिता से बैठने के लिए कहा। इसके बाद पूछताछ का ऐसा दौर शुरू हुआ मानो कोई इंटरव्यू बोर्ड किसी परीक्षार्थी से पूछताछ कर रहा हो। शिक्षा, पसंद, नापसंद, खाना बनाने की कुशलता सभी पर लगातार प्रश्न किया गया। योगिता ने बड़ी सहजता एवं कुशलता से सभी के प्रश्नों का जवाब दिया। इसके उपरान्त विनम्रता से अनुमति लेकर योगिता वापस चली गई। संजय के पिता एवं बालगोविन्द जी के बीच कुछ औपचारिक बातें होती रही फिर सभी ने बालगोविन्द जी से अनुमति प्राप्त की तथा वापस अपने वाहन में आकर घर के लिए निकल पड़े।

संजय के चेहरे का भाव पढ़कर उसके दोस्तों ने समझ लिया कि संजय को योगिता पसंद आ गई है। "सच्चे दोस्त वहीं होते हैं, जो बनावटी रूप में आपकी खुशी के विपरित ही चलना पसंद करते हैं। परन्तु अंत:मन से आपके हित का सोचते हैं।" दोस्तों ने अपनी खुराफ़ात शुरू की। जितेन्द्र ने संजय के पिताजी से कहा कि योगिता का रंग थोड़ा कम है, हरीश ने कहा हाईट कम है, राघवेन्द्र ने कहा आवाज़ में मिठास कम है। यह नकारात्मक बात सुनते ही अलका की प्रतिक्रिया चेहरे पर ऐसे दिखी मानो वह तीनों से नाराज़ हो रही हो। जितेन्द्र ने उसे भांपते हुए ईशारे से शांत किया एवं अहसास कराया कि वे मज़ाक कर रहे हैं। संजय के पिताजी ने इनकी बातों का स्पष्ट खंडन किया और स्वयं को योगिता पसंद आयी, इसकी पुष्टि की। संजय अपने दोस्तों की राय का स्पष्ट और कठोर खंडन करना चाहता है, परन्तु पिताजी के समक्ष चुप रहना उसने उचित जाना। चार घण्टे के लम्बे सफ़र के बाद सभी अंतत: संजय के घर पहुँचे। कार से उतरते ही संजय के पिताजी अंदर चले गए। अलका सभी बातें अपनी माँ को बताने की आतुरता में सीधे अपनी माँ के कक्ष में चली गई। अब संजय के लिए सबसे अच्छा मौका था अपने दोस्तों पर भड़ास

निकालने व योगिता के बारे में उनके विचारों का खंडन करने का। संजय ने अपने दोस्तों को मित्र–सहज गालियां देते हुए कहा कि तुम मेरे दोस्त हो या दुश्मन? क्या मेरी खुशी तुमसे देखी नहीं जाती? पहले मैं शादी नहीं करना चाह रहा था, तब जबरदस्ती लेकर गए और लड़की पसंद आई तब तुम लोग चाहते हो कि मेरी उससे शादी ना हो। संजय का यही स्पष्ट विचार तीनों दोस्त सुनना चाहते थे। संजय की सहमति जानते ही वे खुशी के मारे चिल्लाते हुए घर के अंदर भागे और जोर–जोर से ऐलान करने लगे कि संजय ने योगिता को पसंद कर लिया है और विवाह के लिए तैयार है। यह शब्द सुनकर संजय की माँ, बहन एवं पिताजी सभी की प्रसन्नता का ठिकाना ना रहा। जल्द ही कुल पुरोहित से विवाह के विषय में सलाह लेने की बात तय हुई। देर रात होने के कारण राघवेन्द्र, हरीश एवं जितेन्द्र ने अब अपने–अपने घर जाना उचित समझा।

अगली सुबह संजय के घर पर जब सभी नाशता कर रहे थे, तभी जितेन्द्र, हरीश एवं राघवेन्द्र किसी तूफान की भाँति पूरे वेग से संजय के घर घुसे। भागते हुए आने के कारण तीनों की साँसें फूल रही थी। संजय ने तुरन्त किसी अनहोनी की आशंका से पूछा क्या हुआ? तुम तीनों इतनी सुबह हाँफते हुए मेरे घर आये हो, सब कुछ ठीक है ना। हरीश कुछ कहना चाह रहा था, परन्तु उसकी साँस एवं ज़ुबान ने साथ नहीं दिया। जितेन्द्र ने अपनी साँसों एवं ज़ुबान का सामंजस्य बनाते हुए बताया कि हरीश का भारतीय क्रिकेट टीम में चयन हो गया है। यह शब्द सुनते ही संजय के घर के सभी सदस्यों के मुँह से खुशी के ऐसे शब्द प्रस्फुटित हुए जो राह चलते सभी लोगों को इनकी आत्मिक खुशी का अहसास कराने लगी। संजय की बीमार माँ भी अपनी बीमारी भूलकर इस खुशी के उत्सव में शामिल होकर हरीश को जी–भरकर प्यार और आशीर्वाद देने लगी। हरीश की माँ का फ़ोन आया और उसने बताया कि उसे बधाई देने के लिए रिश्तेदार और शुभचिंतक जिन्हें भी सूचना मिली है, पहुँचने लगे हैं। हरीश, संजय, राघवेन्द्र एवं जितेन्द्र सीधे तेजी से भागते हुए हरीश के घर गए, जहाँ बधाई देने के लिए लोगों की भीड़ भी जमा हो गई है। इस भीड़ में घनश्याम हॉटल के मालिक घनश्याम चाचा भी शामिल हैं। हरीश ने घनश्याम चाचा को प्रणाम करते हुए कहा कि देखो चाचा अब हॉटल का बिल चुकाने वालों में संजय के साथ मैं भी शामिल हो गया हूँ। घनश्याम चाचा ने प्यार से हरीश को गले लगा लिया। आज पूरा दिन हरीश के घर एवं पूरे मोहल्ले में जश्न का माहौल रहा। हरीश की इस सफ़लता का आनंद उसके दोस्त भी पूरे समय लेते रहे। हरीश को दो दिन के अंदर ही भारतीय किक्रेट टीम के प्रशिक्षण सत्र हेतु बैंगलोर जाकर टीम में शामिल होना है।

संजय की पदस्थापना आतंकवाद से प्रभावित कश्मीर के राजौरी सेक्टर में होने की सूचना आज ही पहुँची है, उसे भी दो दिन के अंदर अपने बटालियन के मुख्यालय पहुँचने का आदेश मिला है। आतंकवाद प्रभावित क्षेत्र की पदस्थापना की सूचना ने संजय की माँ को झकझोर दिया है। वह बार–बार असहज हो रही है, परन्तु संजय और उनके पिताजी ने उन्हें ढाढस बंधाया। संजय ने रात में ही अपने सामान की पैकिंग शुरू कर दी। उसकी बहन अलका उसका कंधा से कंधा मिलाकर साथ दे रही है। संजय को कल दोपहर की ट्रेन से जाना है। अल्प समय में मिली सूचना के कारण ट्रेन में रिज़र्वेशन भी नहीं हो पाया है। ट्रेन का लम्बा सफ़र बिना रिज़र्वेशन के जाने की कल्पना भी अच्छे–अच्छे की हिम्मत पस्त कर देता है। परन्तु संजय को जाना उसकी ज़िम्मेदारी और मजबूरी दोनों ही है। जितेन्द्र ने संजय को रेल्वे स्टेशन छोड़ने जाने की ज़िम्मेदारी ली। राघवेन्द्र ने हरीश को छोड़ने एवं घूमने के लिए बैंगलोर जाने का निर्णय लिया। हरीश और राघवेन्द्र ने हवाई जहाज से बैंगलोर जाने का निर्णय लिया। रात में बुकिंग एजेन्ट से बात कर बैंगलोर जाने का हवाई टिकिट कन्फर्म करा लिया। सुबह होते ही करीब सात बजे संजय, हरीश, राघवेन्द्र एवं जितेन्द्र घनश्याम चाचा के हॉटल पहुँचे एवं सभी ने चाय नाश्ता किया। आज आपस में एक दूसरे से बिछुड़ने का विचार उनके मौलिक व्यवहार या बातचीत को प्रभावित कर रहा है। आज इन सभी के व्यवहार में बिछोह का अव्यक्त दुःख समाहित है। करीब एक घण्टा साथ में व्यतीत कर सभी दोस्त अपने–अपने घरों की ओर निकल पड़े।

हरीश और राघवेन्द्र को ट्रेन पकड़कर दो घण्टे के सफ़र के बाद रायपुर पहुँचना है, जहाँ से बैंगलोर के लिए फ्लाईट पकड़नी है। अतः घर पहुँचते ही दोनों ने जल्दी ही स्नान किया तथा तैयार होकर नाश्ता करके दोनों रेल्वे स्टेशन पहुँच गये। इन्हें छोड़ने के लिए आज मानो पूरा गाँव रेल्वे स्टेशन पर जमा हो गया है। ''भारत वर्ष में क्रिकेटर की क्या महत्ता है, यह भीड़ देखकर समझा जा सकता है।'' आज से एक सप्ताह पूर्व जब हरीश इसी स्टेशन पर पहुँचा था, तब उसके दोस्त के अतिरिक्त कोई भी उसे लेने नहीं आया था। आज गाँव वालों, रिश्तेदारों के अतिरिक्त प्रशासनिक अधिकारी भी सुरक्षा एवं व्यवस्था के लिए उपस्थित हैं। रेल प्रशासन भी तथाकथित् भगवान अर्थात् भारतीय क्रिकेटर हरीश के सम्मान में स्टॉफ सहित खड़ा है। आम इंसान से अलग करने वाला यह नया रूप हरीश को मन ही मन कितना आनंदित कर रहा होगा, यह शब्दों में नहीं बांधा जा सकता। फर्श से अर्श तक शब्द का अर्थ यहाँ से समझना शायद उसने शुरू कर दिया है। हरीश को मिल रहे इस अतिविशिष्ट सम्मान से राघवेन्द्र का सीना भी चौड़ा हो रहा है, क्योंकि वह हरीश के खास दोस्तों

में से एक है। करीब आधे घण्टे भीड़ से घिरे रहने के बाद हरीश की ट्रेन रेल्वे स्टेशन पर पहुँच गई। रेल्वे स्टॉफ एवं सुरक्षा अधिकारियों ने हरीश को वातानुकुलित बोगी में ससम्मान बिठाया एवं गंतव्य की ओर ट्रेन निर्धारित समय पर रवाना हो गई। राघवेन्द्र हरीश का अतिविशिष्ट रूप एवं जनता के बीच सम्मान देखकर अभिभूत है, निःशब्द वह हरीश के सामने बैठा है। ट्रेन की बोगी में भी कुछ क्रिकेट के चाहने वाले हरीश के पास आकर बधाई देने लगे। हरीश भी अपने इस अतिविशिष्ट होने का पूरे मन से आनंद ले रहा है।

संजय की ट्रेन दोपहर दो बजे की है, अतः जितेन्द्र बारह बजे ही संजय के घर आ गया। संजय के घर का माहौल आज मातमी है। बीमार माँ संजय के जाने की बात से बहुत ही ज्यादा दुःखी है, बहन अलका लगातार आँसू पोंछकर भाई के लिए खाना पका रही है। पिताजी बाहर से सहज एवं अंदर से असहज होकर संजय को उसकी आगामी ज़िम्मेदारी एवं कर्तव्य निर्वहन में ईमानदारी की सीख दे रहे हैं। घर के मातमी माहौल से संजय दुःखी तो है, परन्तु फ़ौज में जाने का गर्व, भारत माँ की सेवा का जज़्बा उसके चेहरे पर एक चमक के रूप में अलग से दृष्टिगोचर हो रहा है। जल्दी-जल्दी अपना खाना समाप्त कर संजय अपनी रोती बिलखती माँ को ढाढस बंधाकर एवं अपनी बहन अलका के आँसू पोंछते हुए माँ का ख़्याल रखने की सलाह देकर एवं पिताजी से आशीर्वाद लेकर अपना सामान लेकर जितेन्द्र की मोटर सायकल में सवार होकर रेल्वे स्टेशन के लिए निकल पड़ा। रेल्वे स्टेशन पर न तो अब वैसी भीड़ है और ना ही वे प्रशासनिक एवं सुरक्षा अधिकारी हैं, जो अब से चंद घण्टे पूर्व हरीश के सत्कार के लिए उपस्थित थे। उपस्थित होंगे भी क्यों? कुछ देर पूर्व भारतवर्ष के तथाकथित् भगवान वहाँ पर थे और अभी तो भारत माँ की सुरक्षा करने वाला एक मामूली सा सैनिक है, जिसे अभी अपनी ट्रेन में तमाम धक्के-मुक्के का सामना करना है, क्योंकि उसके पास ट्रेन में बैठने के लिए स्थान आरक्षित भी नहीं है। करीब आधे घण्टे तक अपने सामान के बैग के ऊपर बैठा संजय जितेन्द्र से बातें करता रहा, इसी बीच उसकी निर्धारित ट्रेन आ गई तथा अपने संपूर्ण सामर्थ्य का प्रयोग कर एवं जितेन्द्र का सहयोग पाकर संजय जनरल बोगी में सवार होने में सफ़ल रहा। पूरा दिन तथा सारी रात जागते हुए अगले दिन संजय दिल्ली पहुँचा।

संजय टैक्सी लेकर अपने बटालियन के मुख्यालय पहुँचकर अपने पहुँचने की सूचना दर्ज कराई जहाँ उसे सूचित किया गया कि कल विशेष ट्रेन से उनकी कंपनी कश्मीर के राजौरी सेक्टर के लिए रवाना होगी। कश्मीर का नाम सुनते ही उसकी स्वर्ग जैसी खुबसूरती मनःमस्तिष्क में सहज रूप से आ जाती है, परन्तु यह खुबसूरती सिर्फ़ आम इंसान के लिए है। फ़ौज का व्यक्ति उसकी खुबसूरती से

ज्यादा वहाँ के आतंकवाद, प्रतिकूल भौगोलिक परिस्थिति में ड्यूटी, दुश्मन देश से खतरा की बात सोचने लगता है। संजय ने भी जीवन में कभी कश्मीर नहीं देखा, तो एक सहज मानवीय मन कश्मीर की खुबसूरती के बारे में सोचकर खुश हो रहा है, परन्तु एक ज़िम्मेदार सैनिक का मन डर-मिश्रित उत्साह से भर रहा है। विचारों के इसी टकराव के बीच बैरक में जमीन पर पड़ी दरी पर अपना होलडॉल बिछाकर संजय लेट गया। दिन रात के जागरण के कारण कब नींद आ गई, उसे पता भी नहीं चला। संजय ने ना तो खाना खाया, ना ही घर में अपने दिल्ली पहुँचने की सूचना दे पाया। शाम को उसके कंपनी के साथियों के द्वारा जगाने पर चिर निद्रा से जागा। हाथ मुँह धोकर संजय तैयार हुआ और सात बजे की गणना में शामिल हुआ, जहाँ पर कल राजौरी सेक्टर के लिए रवाना होने की पूरी प्लानिंग के बारे में बताया गया तथा सर्वथा गोपनीय निर्देश प्राप्त हुआ। रात का खाना फिर उसी नियमानुसार लाईन में लगकर लेने के समय संजय को अपने घर में राजसी ठाठ के साथ टेबल पर बैठकर खाने एवं बहन के द्वारा प्यार से परोसकर खिलाने की याद दिला गया। संजय की आँखे भर आई। स्वयं को सहज करते हुए थाली में खाना लिया और एक कोने में जाकर बैठकर खाना खाया। खाना समाप्त कर संजय अपने बैरक गया, अपना मोबाईल लेकर बहन अलका एवं पिताजी से पहले बात किया तथा कल ही कश्मीर के राजौरी सेक्टर जाने की बात बताया। परन्तु संजय ने अपनी माँ को अपना सिर्फ़ कुशल क्षेम बताया, क्योंकि उसे मालूम है कि उसकी माँ कश्मीर जाने की बात सुनकर फिर से दुःखी हो जायेगी। सभी से बात समाप्त करते-करते संजय को नींद आ गई।

प्रातः पाँच बजे बिगुल की आवाज़ के साथ संजय की नींद खुली। बिगुल की आवाज़ उसे प्रशिक्षण विद्यालय के समय की याद दिला गया। ''फ़ौजियों के जीवन के जंग की शुरुआत बिगुल बजते ही शुरू हो जाती है, शौच जाने के लिए भी लाईन लगाना, उसमें भी किसी के द्वारा लाईन तोड़ने के प्रयास पर बाकी सभी लोगों की दुश्मन जैसी प्रतिक्रिया देना प्रतिदिन की आम बात है।'' यहाँ से प्रारंभ जीवन का संघर्ष रात्रि में बिस्तर में जाते ही विश्राम करता है, जो अगले दिन बिगुल बजते ही पूरी क्षमता से सीना ताने दिन भर के लिए फिर खड़ा हो जाता है। संजय की पूरी कंपनी अपने नित्य कर्मों से निवृत्त होकर परेड ग्राउण्ड पर तरतीब से खड़ी हुई। बटालियन के वरिष्ठ अधिकारी ने संक्षिप्त निर्देश के बाद सभी को रवाना होने का आदेश दिया। पूरी कंपनी अनुशासित होकर फ़ौज की ट्रकों में अपना सामान एवं स्वयं को लादकर रेल्वे स्टेशन के लिए रवाना हुयी। स्टेशन पहुँचते तक संजय की

दोस्ती अपनी कंपनी के कुछ अन्य सिपाहियों से प्रगाढ़ रूप लेने लगी। संजय ने सबसे ज्यादा प्रगाढ़ता रूपेन्द्र सिंह के साथ महसूस की। रूपेन्द्र सिंह पंजाब का रहने वाला खुले दिल का इंसान है, जिससे संजय बहुत प्रभावित हुआ है। आज संजय ट्रेन के सफ़र को लेकर ज्यादा चिन्तित नहीं है, क्योंकि पूरी कंपनी के लिए विशेष बोगी की व्यवस्था की गई है। ''मानवीय स्वभाव भी होता है कि जहाँ साथ में कोई भी हो तो आने वाली किसी भी परेशानी की भयावहता थोड़ी कम ही लगती है।''

ट्रेन आने पर सभी जवानों ने अपना-अपना सामान रखना शुरू किया और सुविधानुसार अपना स्थान ग्रहण करते गये। ट्रेन अपने गंतव्य की ओर पूरी गति से बढ़ चली। सभी जवान जब व्यस्थित हो गये, तब सभी ने अपनी-अपनी निजी पसंद के काम में स्वयं को व्यस्त करना शुरू किया। किसी ने नींद लेना उचित समझा तो किसी ने अपने मोबाईल पर संगीत सुनना, किसी ने सोशल मीडिया पर स्वयं को व्यस्त कर लिया, कुछ समूह ताश खेलने तथा कुछ समूह ने अंताक्षरी खेलना उचित समझा। संजय ने अपने शारीरिक एवं मानसिक थकान के कारण नींद लेना उचित समझा। समय के साथ अंताक्षरी में गायकों के ऊँचे-नीचे लगते सुर से संजय की नींद कभी-कभी टूट जाती, फिर प्रयास करके वह गहरी निद्रा में चला जाता। खेल, संगीत, निद्रा, मनोरंजन का यह क्रम प्रत्येक जवान समय-समय पर अपनाते रहे। लम्बा किन्तु मनोरंजक यह यात्रा अगले दिन शाम को जम्मू स्टेशन पर जाकर थमी। ट्रेन से उतरते समय ही सभी जवानों का वह बिन्दास और मनोरंजक व्यवहार गंभीर एवं ज़िम्मेदार व्यवहार में तब्दील हो गया। जम्मू कश्मीर की आतंकवादी चुनौतियाँ उन्हें वहाँ पहुँचते ही गंभीर बना गई। संजय भी सभी जवानों की तरह पूरी गंभीरता से रेल्वे स्टेशन पर उतरा। फ़ौज के कुछ अधिकारी एवं बड़ी संख्या में अत्याधुनिक अस्त्र-शस्त्रों से सुसज्जित जवानों की सुरक्षा के साथ संजय एवं उसकी पूरी कंपनी जम्मू से कश्मीर के राजौरी के लिए रवाना हुई। फ़ौज के वाहन में बैठने के पूर्व ही उन्हें खतरों की आशंका एवं उन खतरों से निपटने के लिए अपनाई जाने वाली ड्रिल के संबंध में अवगत करा दिया गया। जम्मू से राजौरी के बीच का सड़क मार्ग अपने अप्रतिम सौंदर्य के लिए विश्व-विख्यात है। संभावित खतरों से आशंकित संजय एवं सभी जवान भय मिश्रित आनंद का अनुभव करते हुए अपनी यात्रा जारी रखे हुए हैं। कभी भय, कभी स्वर्ग जैसी अनुभूति के साथ जम्मू से राजौरी तक की यात्रा समाप्त हुई। सभी जवान अपनी बटालियन के कैंपस में पहुँचे, जहाँ सभी जवानों को पृथक-पृथक बैरकों में रूकने की जगह दी गई। संजय और रूपेन्द्र को एक ही बैरक में जगह मिली।

सभी जवानों ने अपना सामान व्यवस्थित किया तथा सभी तरोताज़ा हुए ही थे

कि मेस कमाण्डर ने आकर उन बीस जवानों के नामों की घोषणा की, जिनकी ड्यूटी सभी के लिए भोजन बनाने हेतु लगी थी। संजय और रूपेन्द्र सिंह का नाम भी इस सूची में था। घर में बहन के हाथ का लज़ीज खाना पन्द्रह दिन तक खाकर आराम से दोस्तों के साथ घूमने और सोने की आदत ने संजय को थोड़ा कामचोर बना दिया था। आज पुनः फ़ौजियों के जीवन की वास्तविकता से सामना होने जा रहा है। फ़ौज का अनुशासन मन बेमन से बंधा नहीं होता, जो आदेश हुआ उसका पालन अनिवार्य होता है। प्रशिक्षण में ही अनुशासन का अर्थ समझ चुके सभी जवान मेस की ओर निकल पड़े। संजय भी बेमन से मेस की तरफ निकल पड़ा। मेस में सभी ने मस्ती भरे माहौल में खाना बनाया, इसके बाद अनुशासित होकर सभी ने भोजन किया एवं अपने-अपने बैरकों में लौट गये।

हरीश बैंगलोर में भारतीय क्रिकेट टीम के प्रशिक्षण कैम्प में जी-भरकर पसीना बहा रहा है। कल तक एक आम जीवन व्यतीत करने वाला हरीश अब पूरे देश के लिये एक पहचाना जाने वाला नाम बन गया है। ''परन्तु जीवन का यह यथार्थ है, सफ़लता जीवन में बहुत सी कुर्बानियाँ माँगती है। जब आप एक प्रसिद्ध एवं ख्याति प्राप्त व्यक्ति बन जाते हैं, तब आपका निजी जीवन सार्वजनिक हो जाता है। आपको आपके निज व्यवहार की स्वतंत्रता भी नहीं देता है। अब आपके जीवन में सार्वजनिक गलतियों के लिये स्थान नहीं बचता है, जहाँ आपका व्यवहार जनता, प्रशंसक, समर्थक के हिसाब से बनाना पड़ता है।'' पन्द्रह दिनों बाद श्रीलंका की क्रिकेट टीम भारत के दौरे पर आयेगी, जिसमें हरीश के प्रदर्शन के आधार पर टीम में खेलना लगभग तय है। भारत और श्रीलंका का पहला मैच नागपुर में खेला जाना है। राघवेन्द्र एवं जितेन्द्र ने तय किया है कि वे स्टेडियम में जाकर हरीश का मैच देखेंगे। उन लोगों ने मैच का टिकिट भी खरीद लिया है। राघवेन्द्र एवं जितेन्द्र ने फ़ोन पर बात के दौरान संजय को अपनी इस योजना के बारे में बताया, संजय भी अपने दोस्त हरीश की सफ़लता का सुख प्रत्यक्ष रूप से मैच देखकर लेना चाहता है, परन्तु अवकाश नहीं मिलने की बात जानते हुए वह हरीश को फ़ोन पर शुभकामनाएं देने का अपना निर्णय राघवेन्द्र और जितेन्द्र को सुनाता है।

दो दिनों बाद रात्रि में जब संजय अपनी माँ का एवं परिवार का कुशलक्षेम जानने के लिये फ़ोन करता है, तब बहन अलका बताती है कि संजय जिस लड़की योगिता से शादी के लिये तैयार हुआ है, उसके घर वाले उनके घर शादी की बात आगे बढ़ाने कल आने वाले हैं। संजय के पिता ने संजय से फ़ोन पर उसकी सहमति चाही। संजय ने भी अस्पष्ट शब्दों में अपनी स्वीकृति दे दी। परन्तु अवकाश मिलने में होने

वाली दिक्कत से भी अपने पिता को अवगत करा दिया। अगले दिन संजय एवं योगिता के परिवारवालों ने इनके विवाह हेतु अपनी-अपनी रज़ामंदी दे दी। विवाह की तारीख संजय के अवकाश मिलने की संभावना के आधार पर तय करने की बात हुई। अलका के लिये आज का दिन इतना आल्हादकारी रहा कि वह मेहमानों के जाते ही तुरंत संजय को फ़ोन लगायी और सारा सुखद वृतान्त सुनाना चाहा, परन्तु संजय अपनी ड्यूटी में रहने के कारण फ़ोन नहीं उठा सका। परन्तु इससे अलका की सुखद व्याकुलता बढ़ती ही गई, जो देर रात संजय के फ़ोन आने और उसे सारा सुखद वृतान्त विस्तार से बताने के बाद ही शांत हुआ।

शायद भगवान ने इन चारों दोस्तों की सफ़लता का समय एवं क्रम निर्धारित कर रखा हो। एक प्रसिद्ध फ़िल्म निर्माता का जितेन्द्र को फ़ोन आया था, जिसने जितेन्द्र का स्क्रीन टेस्ट लिया था। फ़िल्म निर्माता महोदय ने बताया कि जितेन्द्र को वे अपनी फ़िल्म में बतौर हीरो लेना चाहते हैं तथा उसे तुरन्त ही मुंबई आने का निर्देश प्राप्त हुआ। जितेन्द्र की इस सफ़लता पर उसके घर के सदस्यों के साथ-साथ स्नेही स्वजन एवं शुभचिंतकों सभी में जश्न का माहौल है। जब जितेन्द्र ने यह बात संजय के घर जाकर संजय की माँ एवं उसकी बहन अलका को बताया तो वहाँ भी वैसा ही खुशी का माहौल तैयार हो गया। अलका ने फ्रिज़ में रखी मिठाई निकालते हुए ''सगे नहीं परन्तु सगे से कम भी नहीं'' भाई को मिठाई खिलायी और भगवान को शुक्रिया अदा किया। जितेन्द्र अलका को प्यार भरी थपकी देकर संजय की माँ से आशीर्वाद लेकर सीधे अपने घर गया, जहाँ मुम्बई जाने की तैयारी जल्दी से जल्दी करनी है। अगली सुबह जितेन्द्र ट्रेन पकड़कर मुम्बई जाने निकल पड़ा। ट्रेन में सफ़र के दौरान जितेन्द्र ने संजय एवं हरीश को अपनी इस सफ़लता के विषय में फ़ोन के माध्यम से अवगत कराया।

समय अपनी पूरी गति से आगे बढ़ रहा है। समय के साथ-साथ ये चारों दोस्त भी अपनी सफ़लता के चरम की ओर अग्रसर हो चुके हैं। संजय की पूरी कंपनी की पदस्थापना घोर आतंकवाद प्रभावित कश्मीर के उरी क्षेत्र में हुयी है। संजय अपने पूरे शौर्य, लगन एवं क्षमता का प्रदर्शन करते हुए अपने बटालियन में अपनी विशेष पहचान बना चुका है, उसके अदम्य साहस का हर कोई लोहा मानने लगा है। हरीश भारतीय क्रिकेट टीम का प्रतिनिधित्व करते हुये अपने पहले सीरीज़ में दो शतक जड़कर पूरे भारतवर्ष का नया सितारा बन गया है। जितेन्द्र की फ़िल्म भी लगभग रिलीज़ होने को तैयार है। इधर राघवेन्द्र भी अपनी राजनीतिक सूझ-बूझ, कर्मठता

एवं लोकप्रियता के दम पर आगामी लोकसभा चुनाव में अपनी पार्टी का प्रत्याशी घोषित किया गया है। चारों दोस्त अपने स्वयं के कर्मपथ पर यद्यपि बहुत व्यस्त हो गये हैं, परन्तु समय मिलने पर एक दूसरे से सदैव फ़ोन के माध्यम से संपर्क में रहते हैं।

जितेन्द्र की पहली फ़िल्म रिलीज़ होते ही सफ़लता के नये कीर्तिमान गढ़ने लगी। पहली फ़िल्म की सफ़लता ने जितेन्द्र को सफ़लता के शिखर पर बिठा दिया। आज मुंबई फ़िल्म जगत के बड़े से बड़े डायरेक्टर एवं फ़िल्म निर्माता जितेन्द्र को अपनी फ़िल्मों के लिये साइन कर रहे हैं। चारों दोस्तों में सिर्फ़ राघवेन्द्र ही गांव में रहता है, इस कारण तीनों दोस्त संजय, हरीश एवं जितेन्द्र के घर के सदस्यों से संपर्क में लगातार रहकर उनकी आवश्यक मदद कर अपने मित्रधर्म का निर्वहन कर रहा है। संजय ने अपने माता पिता के निर्देश पर एक माह का अवकाश विवाह हेतु स्वीकृत करा लिया है। आगामी जून माह में संजय का विवाह नियत हुआ है। संजय के घर में विवाह की तैयारी जोर-शोर से शुरू हो गयी है। राघवेन्द्र अपने व्यस्त राजनीतिक कार्यक्रम के बीच भी समय निकालकर शादी की तैयारी में अपनी भूमिका का निर्वहन कर रहा है। संजय ने शादी की तिथि नियत होते ही जितेन्द्र एवं हरीश को शादी में आने का मित्रवत् आदेश जारी किया जिस पर जितेन्द्र एवं हरीश ने भी अपनी मित्रवत् सहमति दे दी। शादी की तिथि इक्कीस जून नियत हुयी है। संजय पन्द्रह जून को अवकाश पर अपने घर पहुँच गया। शादी में मात्र छः दिन शेष होने के कारण उसने आनन-फानन में अपनी शादी का ड्रेस तैयार करवाया तथा आवश्यक तैयारियों में स्वयं शामिल हुआ। संजय की माँ भी बेटे की शादी के उत्साह में अपनी बीमारी भूलकर तैयारियों में दिन भर व्यस्त रहती है। अलका तो अपने ड्रेस, पार्टी की तैयारी इन्हीं बातों को लेकर खुशी-खुशी अपनी सहेलियों के साथ व्यस्त है। जितेन्द्र और हरीश बीस जून को आयेंगे, इसकी सूचना राघवेन्द्र ने संजय को दी। ''एक निम्न मध्यमवर्गीय परिवार अपने खुशी के क्षणों को लेकर जितना उत्साहित होते हैं, उतने ही आशंकित भी।'' संजय के पिता भी चिंतित हैं कि शादी में आने वाले मेहमानों की मेहमान नवाज़ी में कोई कमी ना रह जाये। लड़की पक्ष वाले बारातियों के स्वागत में कोई कमी ना कर बैठें, इसी आशंका से भयभीत होकर मध्यमवर्गीय परिवार चादर से बाहर पैर फैलाने लगते हैं। संजय के विवाह की तैयारी में उसके पिता ने भी अपनी सम्पूर्ण जमा पूँजी में से अधिकांश राशि खर्च करने का दुःसाहस दिखाया है, इस प्रत्याशा में कि अलका का विवाह तो संजय अपनी कमाई एवं बचत पूँजी में से कर लेगा। संजय के होने वाले ससुराल में भी तैयारियां जोर-

शोर पर हैं। लड़की के पिता बालगोविंद जी भी अपना सम्पूर्ण सामर्थ्य विवाह समारोह को अच्छा एवं यादगार बनाने में लगा रहे हैं। ''भारतीय समाज में कई क्षेत्रों में आज भी लड़की का पिता होना किसी अभिशाप से कम नहीं माना जाता है।'' परन्तु बालगोविन्द जी संजय एवं उसके पिताजी से मिलने के बाद इस बात को लेकर आश्वस्त हैं कि उन्हें लड़की के पिता होने के कारण समाज के सामने अपमानित नहीं होना पड़ेगा।

शादी में अब सिर्फ़ दो दिन शेष हैं। हरीश एवं जितेन्द्र दोनो ही विवाह समारोह में आज पहुँच रहे हैं। आज सुबह ही पुलिस प्रशासन एवं जिला प्रशासन के आला अधिकारियों ने हरीश एवं जितेन्द्र के घर के साथ ही संजय के घर का भी मुआयना किया है, जिससे उनकी सुरक्षा के लिये व्यवस्था लगायी जा सके। सुबह के नौ बजे तक पुलिस बल की पर्याप्त संख्या अधिकारियों के साथ गाँव में पहुँच गयी। संजय के घर भी पुलिस पहुँच गयी तथा पूर्व से आये मेहमानों की अब परेशानियाँ धीरे-धीरे बढ़ने लगी। सुरक्षा जाँच की प्रक्रिया से संजय के घर उपस्थित प्रत्येक मेहमान असहज महसूस कर रहा है। ''भारतवर्ष की विडम्बना ही कहिये की जो लोकप्रिय हैं, उन्हें ही ''लोक'' से सुरक्षा का सर्वाधिक खतरा आंकलित किया जाता है, तभी तो सुरक्षा के व्यापक प्रबंध किये जाते हैं।'' अब तो भारतवर्ष में व्हीआईपी कल्चर ने एक बीमारी का रूप धारण कर लिया है, जिसे शासन की सुरक्षा व्यवस्था नहीं मिल रही है, वे भी समाज में अपनी धाक बताने के लिये निजी सुरक्षाकर्मी लेकर चलने लगे हैं। आज दो बजे की फ्लाईट से हरीश एवं तीन बजे की फ्लाईट से जितेन्द्र रायपुर हवाई अड्डे पर पहुँचेंगे, जहाँ से दो घण्टे का सफ़र सड़क मार्ग से पूरा करके अपने गाँव पहुँचेंगे। कल तक साधारण परन्तु वर्तमान के ''असाधारण'' हरीश एवं जितेन्द्र का विमान रायपुर विमानतल पर नियत समय पर उतर गया। जमीन पर इन सितारों के उतरते ही जनसैलाब द्वारा जगह-जगह पर इनका भव्य स्वागत किया गया। यह क्रम उनके गाँव पहुँचते तक जारी रहा।

गाँव में उपस्थित जनसैलाब ने हरीश एवं जितेन्द्र का भव्य स्वागत किया। संजय अपने घर में बैठे-बैठे ही अपने दोस्तों के स्वागत का आँखों-देखा हाल सुनते रहा, परन्तु दुल्हा बनने की विवशता ने संजय को इस अद्भुत दृश्य को प्रत्यक्ष देखने से वंचित रखा। संजय का मन आज अर्न्तद्वन्द का सामना कर रहा है। एक बार उसे लगता है कि उनकी मित्रता सच्ची है और जितेन्द्र तथा हरीश आज भी नहीं बदले होंगे तथा उसके लिये वैसा ही सहज होंगे। पर एक बार मन कहता है कि जितेन्द्र

और हरीश अब बहुत बड़े स्टार बन चुके हैं, जो फ़ौज के एक सिपाही मात्र से मिलना चाहेंगे भी की नहीं। शादी में शामिल होने की बात तो हुई है, पर क्या वे सच में शादी में आयेंगे। इन्हीं विचारों के बीच अचानक संजय ने पुलिस वाहन के सायरन की आवाज़ सुनी, जो तेजी से उसके घर की ओर बढ़ता हुआ प्रतीत हो रहा है। संजय का मन खिल उठा उसे अर्न्तमन से लगा कि उसके दोनों दोस्त शायद सीधे उसके घर ही आ रहे हैं। सहसा ही वाहनों का लंबा काफ़ीला एवं जनसमुदाय संजय के घर के पास पहुँचा। सुरक्षाकर्मियों से घिरे हुए संजय के दोनों सितारे दोस्त बड़ी मशक्कत के बाद संजय के घर प्रवेश कर पाये संजय का मन अपने दोस्तों को देखते ही पुलकित हुआ, मन हुआ सीधे अपने दोस्तों के गले लग जाये, परन्तु संजय के मन का एक कोना उसे ऐसा करने से रोकने लगा। संजय के मन ने कहा संजय तुम मात्र एक सिपाही हो और कल तक के तुम्हारे ये दोनों दोस्त आज इस देश के सितारे हैं, कहाँ वो और कहाँ तुम। संजय कुछ कह पाता उससे पहले ही जितेन्द्र एवं हरीश सीधे संजय के गले लग गये, किसी के मुँह से एक शब्द भी प्रस्फुटित नहीं हुआ, परन्तु शारीरिक भाव भंगिमा ने दोस्तों को इस मिलन के चरमसुख का अहसास जरूर करा दिया। संजय के माता-पिता भी आज पहली बार जितेन्द्र एवं हरीश के सामने कुछ असहज से खड़े हैं। परन्तु अलका का बालपन एवं निश्छलता ने उसे सहज रखा है, वह भी दौड़कर अपने सगे भाई जैसे जितेन्द्र एवं हरीश के गले लग गई। संजय की माँ ने जितेन्द्र एवं हरीश से स्वल्पाहार का आग्रह किया। परन्तु जितेन्द्र एवं हरीश सुरक्षाकर्मी, जनसमुदाय की उपस्थिति एवं उससे होने वाली असहज स्थिति को भाँपकर अपने-अपने घर जाने की बात कहकर निकल पड़े। उनके जाने के साथ ही संजय के घर अचानक उत्पन्न हुई भगदड़ की स्थिति अब सामान्य हो गई। जितेन्द्र और हरीश ने भी अपने चाहने वालों एवं समर्थकों से अभिवादन करके विदाई ली एवं अपने-अपने घर के अन्दर चले गये। संजय अपने मित्रों की इस लोकप्रियता से आज इस कारण घबरा रहा है, क्योंकि वे दोनों बारात में भी शामिल होंगे। संजय को चिंता इस बात की है कि उसके होने वाले ससुराल में उनके स्टार दोस्तों के आवभगत में कोई कमी ना रह जाये। संजय ने अपने पिताजी से अनुरोध किया कि वे उसके होने वाले ससुर बालगोविन्द जी को जितेन्द्र एवं हरीश के बारे में एवं उनके कल बारात में शामिल होने के बारे में बताये। पहले तो संजय के पिताजी ने संजय के इस प्रस्ताव को एक सिरे से खारिज कर दिया। परन्तु स्वयं की एवं परिवार की प्रतिष्ठा का ध्यान आते ही बात करने को तैयार हो गये। अपने मोबाईल फ़ोन से सकुचाते हुए उन्होने बालगोविन्द जी से बात कर वस्तुस्थिति से अवगत कराते हुए निवेदन की भाषा में आवभगत में कमी ना होने की

अपनी बात रख दी। बालगोविन्द जी ने भी सहज भाव से उन्हें अच्छे से सत्कार करने का दृढ़ आश्वासन दिया।

आज अंततः संजय की शादी का दिन आ ही गया। सुबह से ही बारात जाने की तैयारियाँ जोर-शोर से हो रही हैं। किस साधन से कौन बारात जायेगा यह सुनिश्चित करने के लिए संजय के रायगढ़ वाले फूफ़ाजी का एकाधिकार तय हुआ। फूफ़ाजी भी यह एकाधिकार का सम्मान पाकर अतिउत्साह में अपने कार्य में लगे हैं। संजय चाहता तो है कि उसके दोस्त हरीश, जितेन्द्र एवं राघवेन्द्र उसके साथ चलें, परन्तु अपने दोस्तों का अतिविशिष्ट होना उसे कुछ कहने से रोक रहा है। संजय ने अपने फूफ़ाजी से निवेदन किया कि वे जितेन्द्र, राघवेन्द्र एवं हरीश के लिये सबसे अच्छी वाहन को सुरक्षित रखें, फूफ़ाजी ने संजय को आश्वस्त किया कि वे सबसे अच्छी गाड़ी उनके दोस्तों को ही उपलब्ध करायेंगे।

सुबह के दस बजते ही हरीश, जितेन्द्र एवं राघवेन्द्र संजय के घर पहुँच गये और इसके बाद तीनों ने संजय के साथ चुहलबाजी एवं नृत्य का ऐसा समा बाँधा की सभी इसका आनंद लेने लगे। संजय को यद्यपि सामाजिक रूप से आज एक राजा (दूल्हा राजा) का दर्जा मिला है, परन्तु संजय ने जैसे ही हरीश, जितेन्द्र एवं राघवेन्द्र को उनके लिये अलग वाहन की व्यवस्था की बात बतायी, तीनों दोस्तों ने संजय के एक दिन की बादशाहत भी छीन ली और गालियों की बौछारों के साथ उसके प्रस्ताव को ध्वस्त करते हुए उसे बताया कि तीनों दोस्त संजय की गाड़ी में ही बैठकर बारात जायेंगे। इन गालियों के बीच ही संजय की वो मुराद भी पूरी गयी, जो वह सोच रहा था, परन्तु अनजान भयवश अपने दोस्तों से नहीं बोल पा रहा था। अलका ने जैसे ही यह सुना वह भी खुशी से उछल पड़ी, क्योंकि वह अब अपने सभी भाईयों के साथ एक ही वाहन में बारात जायेगी। दोपहर करीब बारह बजे संजय की बारात रवाना हुई जो चार घण्टे के सफ़र के बाद प्रतापपुर पहुँची।

बालगोविन्द जी ने बारातियों के रूकने एवं खाने की व्यवस्था में कोई कसर नहीं छोड़ रखी थी। जितेन्द्र एवं हरीश के बारात में आने की सूचना पहले से ही बिजली की भाँति प्रतापपुर एवं उसके आसपास के गाँवों एवं शहरों में पहुँच चुकी थी। इसी कारण जब बारात पहुँची तो दूल्हे की गाड़ी के इंतज़ार में बहुत बड़ी संख्या में लोग सड़क के दोनों ओर खड़े हुये थे। जैसे ही दूल्हे की गाड़ी जनवासा के पास पहुँची, भीड़ आतुर एवं व्याकुल हो गयी। परन्तु यह व्याकुलता दूल्हे के लिये नहीं, वरन् भारत के दो अनमोल रत्न को देखने के लिये उनके पास जाने की थी। पूर्व सूचना के कारण वहाँ पर पुलिस एवं प्रशासन ने पर्याप्त सुरक्षा व्यवस्था लगाई थी। पुलिस के अधिकारी एवं जवानों ने जितेन्द्र एवं हरीश को अपने सुरक्षा घेरे में लिया

तथा देश की सुरक्षा करने वाला संजय सुरक्षा घेरे के बाहर ही रह गया। जितेन्द्र एवं हरीश रूपी रत्नों की चमक इतनी अधिक थी कि संजय के ससुराल पक्ष की जिन महिलाओं की ज़िम्मेदारी संजय के सम्मानपूर्वक आतिथ्य सत्कार की परंपरा का निर्वहन करने की थी, वे भी संजय को छोड़ जितेन्द्र एवं हरीश का स्वागत ही करते रह गयीं। यद्यपि संजय स्वयं की एवं जितेन्द्र व हरीश की सामाजिक प्रतिष्ठा से भिज्ञ तो है, परन्तु दूल्हे के साथ जुड़ा हुआ राजा शब्द उसे इस घटना को अपमान मानने पर विवश कर रहा है। संजय गुस्से में आकर कुछ कह पाता इससे पहले संजय के ससुर ने संजय के मनोभाव को भाँपते हुए अपने रिश्तेदार महिलाओं को झिड़कते हुए दूल्हे के औपचारिक स्वागत की रस्म अदायगी के लिये आदेश दिया। रस्म अदायगी के बाद संजय को विवाह स्थल ले जाया गया। विवाह मण्डप की औपचारिक रस्म अदायगी के बाद दूल्हा एवं दूल्हन को रिसेप्शन स्थल के मंच पर आसीन किया गया। मंच पर यद्यपि आज के एक दिन के राजा एवं रानी बैठे हैं, परन्तु पूरी महफ़िल भारतवर्ष के उन दोनों रत्नों के आलोक से ही चकाचौंध है। प्रत्येक व्यक्ति की लालसा उनसे ही मिलने की है। मंच पर जो लोग आ रहे हैं, वे भी जल्द से जल्द औपचारिकता पूरी कर उसी आम भीड़ का हिस्सा बनते जा रहे हैं, जहाँ हरीश एवं जितेन्द्र भीड़ से घिरे हुए हैं। सुरक्षागत कारणों से प्रशासन की सलाह पर जितेन्द्र एवं हरीश ने अब घर वापस जाना ही उचित समझा। मंच पर जाकर संजय से अनुमति लेकर अपने घर जाने निकल पड़े, इनके जाने पर सदैव दुःखी होने वाला संजय आज इनके जाने पर प्रफुल्लित हुआ। ''मानवीय स्वभाव एक व्यक्ति को समाज एवं महफ़िल में सर्वोच्च स्थान के लिये सदैव उत्प्रेरित करता है।'' संजय का यही मानवीय स्वभाव उसे अब राहत का अहसास करा रहा है।

वैवाहिक समारोह पूर्ण होने पर संजय अपनी अर्द्धांगिनी के साथ वापस अपने घर लौट आया, तब तक प्रातः के पाँच बज चुके थे। घर पर संजय की माँ एवं अन्य महिला रिश्तेदार बड़ी बेसब्री से संजय एवं नई नवेली बहू का इंतज़ार कर रहे थे। इनके आते ही घर का माहौल कोलाहल में बदल गया, समस्त रस्म अदायगी की प्रक्रिया दिन भर चलती रही। शाम पाँच बजे जितेन्द्र एवं हरीश संजय के घर आये तथा संजय की पत्नी योगिता से परिचय का आदान-प्रदान हुआ तथा आज रात्रि नौ बजे की ट्रेन से वापस जाने की बात संजय को बताया। संजय ने उन दोनों को कल होने वाली आशीर्वाद समारोह के लिये रूक जाने का आग्रह किया, परन्तु अपने व्यस्त कार्यक्रम का हवाला देकर जितेन्द्र एवं हरीश ने अन्ततः अपनी अनुमति पा ही ली। राघवेन्द्र ने संजय की शादी के आशीर्वाद समारोह तैयारी में व्यस्त होने का हवाला देकर जितेन्द्र एवं हरीश को रेल्वे स्टेशन छोड़ने आ पाने में अपनी असमर्थता

बतायी। जिस पर जितेन्द्र एवं हरीश ने अपनी सहमति दी। नियत समय पर जितेन्द्र एवं हरीश रवाना हो गये, संजय एवं राघवेन्द्र कल होने वाले आशीर्वाद समारोह की तैयारी में लग गये। आशीर्वाद समारोह संजय की मंशानुरूप भव्य रूप में ही आयोजित हुआ, जिसमें संजय के फ़ौज के कुछ साथी, रिश्तेदार एवं परिचित शामिल हुए। आज इसमें ना पुलिस है, ना प्रशासन और ना ही बारात दिन वाली जैसी भागम दौड़ एवं धक्का-मुक्की की स्थिति। आज महफ़िल की शान सिर्फ़ और सिर्फ़ संजय एवं उसकी अर्द्धांगिनी है। संजय ने इस अवसर पर अपने दोस्तों जितेन्द्र एवं हरीश की कमी जरूर महसूस की।

संजय एवं उसकी धर्मपत्नी योगिता ने शादी के बाद घर पर ही समय व्यतीत करने का निर्णय लिया। संजय की माँ एवं उसकी बहन अलका ने संजय एवं उसकी धर्मपत्नी योगिता को कहीं घूमने जाने का सुझाव दिया, परन्तु संजय ने अपनी माँ की सेहत एवं घर की आर्थिक सेहत दोनों का ध्यान रखते हुए घर पर ही रहना उचित समझा। संजय अपने अवकाश के दिनों को अपनी धर्मपत्नी एवं परिवार के साथ व्यतीत किया और आज देखते ही देखते अवकाश की अवधि समाप्त हो गयी। संजय अपने पदस्थापना क्षेत्र में अन्य फ़ौजियों के साथ बैरक में रहता है, इस बात से उसने अपनी पत्नी को अवगत कराया तथा उसे साथ लेकर चलने में अपनी असमर्थता व्यक्त की। संजय ऐसा बोलते हुए अपनी पत्नी की प्रतिक्रिया के बारे में आश्वस्त नहीं था। तीव्र प्रतिक्रिया की उसने ज्यादा अपेक्षा की थी। योगिता एक संस्कारी परिवार की लड़की है। उसने धीमे शब्दों में बड़ी सहजता से संजय से कहा कि वह यहीं माँ के साथ रहना चाहती है, क्योंकि माँ की सेहत एवं अलका की पढ़ाई अब उसकी ज़िम्मेदारी है। संजय ने जब योगिता की यह बात सुनी तो उसका प्यार योगिता के प्रति कई गुना अधिक बढ़ गया। देर रात तक संजय के सामान पेकिंग का कार्य चलते रहा। अगली सुबह नौ बजे की ट्रेन से संजय अपने पदस्थापना स्थल के लिये रवाना हुआ। राघवेन्द्र उसे रेल्वे स्टेशन तक छोड़ने आया तथा उसने परिवार को लेकर चिंतित नहीं होने की सलाह दी। संजय आज अपनी माँ एवं बहन के साथ ही नई नवेली दुल्हन की चिंता मन में लिये हुये रवाना हुआ।

इधर राघवेन्द्र भी अपने राजनीतिक सफ़र में सफ़लता के लिये सक्रिय हो गया। आने वाले तीन महीने के भीतर देश के संसदीय चुनाव होने वाला है एवं उसमें राघवेन्द्र के अपने संसदीय क्षेत्र से चुनाव प्रत्याशी होने की उसकी पार्टी ने घोषणा भी कर दी है। राघवेन्द्र ने जितेन्द्र एवं हरीश से बातों ही बातों में प्रचार हेतु आने के बारे में पूछा, परन्तु दोनों ने अपने व्यस्त होने के कारण आ सकने में अपनी असमर्थता व्यक्त की। चुनावी समर में राघवेन्द्र ने अपनी श्रेष्ठता सिद्ध करते हुए ऐतिहासिक

विजय हासिल किया तथा दिल्ली की संसद में अपना स्थान बनाया। जितेन्द्र, हरीश, संजय सभी ने राघवेन्द्र की इस ऐतिहासिक जीत पर अपनी हार्दिक बधाई दी एवं अपने-अपने स्तर पर अपने दोस्त की इस सफ़लता का जश्न मनाया।

समय धीरे-धीरे बीतते गया, आज चारों दोस्त अपने-अपने क्षेत्र में अपनी श्रेष्ठता के साथ घर एवं गाँव का नाम रौशन कर रहे हैं। जितेन्द्र एवं हरीश ने भी उच्च घरानों की कन्याओं से विवाह कर लिया है। राघवेन्द्र का विवाह एक बड़े राजनेता की सुपुत्री के साथ हुआ है। संजय अपनी कठिन ड्यूटी एवं अवकाश नहीं मिलने के कारण किसी भी दोस्त की शादी में शामिल नहीं हो सका, परन्तु फ़ोन से संपर्क कर उसने सभी दोस्तों से शामिल नहीं हो पाने के लिये क्षमा माँग ली थी। संजय ने अपनी पत्नी योगिता से वादा किया है कि इस बार की छुट्टी में वह उन लोगों को मुंबई लेकर जायेगा तथा जितेन्द्र एवं हरीश के घर भी जायेंगे। जितेन्द्र एवं हरीश अपनी व्यस्तता एवं चकाचौंध दुनिया में इतना खो गये है कि उनका गाँव, घर, परिवार अब समय-समय पर ही याद करने की वस्तु हो गये।

संजय एक महीने के अवकाश पर गाँव आया, पूर्व में किये वायदे के अनुसार पत्नी योगिता, माँ एवं बहन अलका को मुंबई चलने के लिये कहा। माँ ने स्वयं की असमर्थता बताते हुए खुशी-खुशी संजय एवं योगिता को जाने की अनुमति प्रदान की। अलका ने माँ की सेहत का हवाला देकर उनके साथ रहना तय किया। संजय सुबह वाली ट्रेन से अपनी पत्नी योगिता को लेकर मुंबई के लिये रवाना हुआ। शादी के बाद पहली बार संजय एवं योगिता इस प्रकार की यात्रा पर साथ निकले हैं। संजय अपनी पत्नी के साथ कष्ट एवं थकान भरी ट्रेन यात्रा के उपरान्त मायानगरी मुंबई पहुँचने में सफ़ल हुआ। मुंबई की भीड़ एवं चकाचौंध भरी ज़िन्दगी देखकर योगिता हतप्रभ रह गयी। रेल्वे स्टेशन से संजय और योगिता टैक्सी लेकर पास के एक छोटे हॉटल में रूकने के लिये पहुँचे। देश के प्रत्येक व्यक्ति को चैन की नींद मुहैया कराने एवं धन-सम्पन्न लोगों को बड़े-बड़े आलीशान हॉटलों में रूकने के लिए सक्षम बनाने वाला सैनिक अपनी तनख्वाह में किसी सामान्य हॉटल में ही रूक सकता है। संजय एवं योगिता ने ऐसे ही एक सामान्य से हॉटल में अपना कमरा बुक कराया। कमरे में पहुँचकर दोनो क्रमशः बाथरूम में जाकर स्वयं को पानी की छींटो से तरोताजा किये तथा थकान मिटाने के लिये बिस्तर पर लेट गए। बिस्तर पर लेटते ही योगिता की नज़र बाजू के टेबल पर रखे मेन्यू कार्ड पर गयी, उसमें खाने-पीने की वस्तुओं का मूल्य देखकर अवाक रह गयी। धीरे से सकुचाते हुये उसने संजय से कहा कि वे लोग खाना रेल्वे स्टेशन के पास किसी हॉटल में खा लेंगे, जिससे कुछ पैसों की बचत हो जायेगी। ''यही हमारे भारतीय समाज की गृहणियों की एक खास

विशेषता है, यही बचत की भावना ही अल्प कमाई में भी जीवन जीने की राह आसान बनाता है। परन्तु ठीक इसके विपरीत पुरूष का अहम ऐसी प्रवृत्ति को नकारने की कोशिश करता है, उसे लगता है कि उसकी पत्नी यह ना सोचे की उसका पति उसे सुख सुविधा देने में विफ़ल है।'' स्वयं के वजूद को ललकारने वाले इस प्रस्ताव को संजय ने भी यही कहते हुए खारिज कर दिया कि अरे दो दिन तो रहना है और मैं इस खर्च को वहन करने में सक्षम हूँ। योगिता ने प्रतिरोध नहीं कर विशुद्ध भारतीय महिला होने का परिचय दिया। दोपहर के भोजन में चपाती, दाल, चावल खाकर दोनो थकान मिटाने बिस्तर पर जैसे ही पहुँचे, ऐसी गहरी नींद लगी जो शाम को पाँच बजे जाकर खुली। दोनों ने शाम को मुंबई घूमने जाने का कार्यक्रम तय किया।

संजय ने अपने मुंबई आने की सूचना जितेन्द्र एवं हरीश को देना उचित समझा। मोबाईल पर बात होने पर उसे ज्ञात हुआ कि हरीश भारतीय क्रिकेट टीम के बैंगलूर कैम्प में है तथा वह दस दिन बाद एक दिन के लिये मुंबई आयेगा। जितेन्द्र से जब बात हुई तब जितेन्द्र काफ़ी प्रसन्न हुआ, उसने बताया कि वह गोरेगांव फ़िल्म सिटी में अपनी फ़िल्म की शूटिंग में व्यस्त है तथा देर रात घर पहुँचेगा, साथ ही जितेन्द्र ने संजय एवं उसकी पत्नी योगिता को कल रात के भोज पर अपने घर आमंत्रित किया। जितेन्द्र का आमंत्रण पाकर संजय एवं योगिता को प्रसन्नता हुई, परन्तु मन ही मन एक अजीब सी हलचल हुई। फ़िल्मी दुनिया के बड़े सितारों के घर, व्यवहार, रहन-सहन को लेकर आम लोगों में बहुत सी भ्रांतियाँ होती है। संजय एवं योगिता के मन में भी वही भ्रांतियाँ हचचल मचाये हुये है। इसी हलचल के साथ संजय एवं योगिता अपने पहले मुंबई दर्शन के लिये निकल पड़े। सितारों से जगमगाता मुंबई शहर इन दोनों को अत्यंत आह्लादित कर रहा है। मरीन ड्राइव की खूबसूरती ने योगिता एवं संजय को मुंबई आने की सार्थकता का अहसास करा दिया। मायानगरी की चकाचौंध एवं वहाँ के लोगों की द्रुतगामी आवाज़ाही के बीच रात के ग्यारह बजे तक संजय एवं योगिता को समय का पता ही नहीं चला। जैसे ही घड़ी पर नज़र गयी संजय एवं योगिता ने वापस अपने हॉटल के लिये निकलना उचित समझा। अपने बजट के अनुसार बाहर कुछ खाकर आने के कारण वे सीधे हॉटल के अपने कक्ष में आकर सो गये।

अगली सुबह जल्दी ही नींद से जागने के कारण संजय एवं योगिता आज के संध्याकाल के सबसे महत्वपूर्ण कार्य अर्थात् जितेन्द्र के घर जाने के संबंध में चर्चा करने लगे। बात ही बात में योगिता ने संजय से मज़ाक के लहजे में परन्तु मर्मस्पर्शी प्रश्न पूछा ''क्या जितेन्द्र उनके जैसे सामान्य लोगों से आत्मीयता से मिलेंगे या सिर्फ़

एक औपचारिकता का निर्वहन करेंगे।" संजय को अपने दोस्त एवं दोस्ती पर पूरा भरोसा है, उसने दृढ़ता पूर्वक कहा कि मैं अपने यार को जानता हूँ, वह निश्चित रूप से आत्मीयता से मिलेगा। इन्हीं चर्चाओं के बीच कब दोपहर हुआ और कब शाम हो गई पता ही नहीं चला। अब संजय और योगिता ने स्वयं के श्रेष्ठ प्रस्तुतीकरण के लिये साथ लाये कपड़ों और आभूषणों पर विचार मंथन प्रारंभ किया। दोनों ने अपने सर्वश्रेष्ठ वस्त्र और आभूषण का चयन कर स्वयं को इस चकाचौंध भरी मायानगरी में स्थापित करने का कार्य शुरू किया। पूरी तरह तैयार होकर संजय एवं योगिता ने एक दूसरे को निहार कर, एक दूसरी की तारीफ़ कर जितेन्द्र के घर जाने योग्य होने का अहसास कराया। टैक्सी लेने के साथ मार्ग में एक अच्छे से मिठाई की दुकान से मिठाई लेकर जितेन्द्र के घर तक जा पहुँचे।

जितेन्द्र के घर के बाहर सुरक्षा गार्ड देखकर संजय एवं योगिता ठिठक गये, फिर हिम्मत जुटाकर सुरक्षा गार्ड को अपना नाम एवं आने का प्रयोजन बताया। आज संजय की स्थिति भगवान कृष्ण के सखा सुदामा जैसी हो गई है। कृष्णजी की द्वारिका नगरी में सुदामाजी को द्वारपालों ने ऐसे ही रोका था। सुदामा जी ने बड़ी मिन्नत कर द्वारपालों को यह विश्वास दिलाया था कि वे श्रीकृष्णजी के बाल सखा हैं। वैसी ही संजय ने भी बड़ी मुश्किलों का सामना करते हुए सुरक्षाकर्मी को यह विश्वास दिलाया कि वे जितेन्द्र के मित्र हैं। आज आधुनिकता के कारण संजय को मोबाईल फ़ोन का सहयोग मिल गया, जिससे जितेन्द्र से संपर्क कर सुरक्षा गार्ड को निर्देशित कराया गया। काश यह सुविधा द्वापर युग में होती तो बेचारे सुदामा जी को द्वारपालों के उलाहना एवं अपमानजनक व्यवहार का सामना नहीं करना पड़ता। सुरक्षा का घेरा पार करने में हुई तकलीफ़ ने संजय एवं योगिता को कुछ असहज कर दिया। अंदर प्रवेश करते ही घर के मुख्य द्वार पर जितेन्द्र अपने मित्र का स्वागत करने के लिए खड़ा मिला, जिसने संजय एवं योगिता को थोड़ी सहजता दी। जितेन्द्र ने गले मिलकर संजय का आत्मीय स्वागत किया तथा योगिता को भाभीजी कहकर आत्मीय संबोधन प्रेषित किया। बड़ी ही आत्मीयता से जितेन्द्र उनको लेकर घर के अंदर बैठक कक्ष में गया। घर की बाह्य भव्यता तो अलौकिक थी ही, अंदर की भव्यता किसी सम्राट या राजा के महल या राजप्रसाद से कम नहीं है। योगिता इस दिव्य भव्यता को एक टक निहारते रही, जितेन्द्र ने अपने कर्मचारियों को चाय एवं जलपान के लिये आवाज़ लगाया। बड़ी संख्या में कर्मचारी पूरी तन्मयता से अतिथियों के आवभगत में तल्लीन हो गये। इस अतिथि सत्कार का आस्वादन करते हुए योगिता की नज़रें जितेन्द्र की धर्मपत्नी को तलाशते रहीं। लम्बे समय तक उनका दीदार नहीं होने पर योगिता ने जितेन्द्र से पूछ ही लिया, क्या भाभीजी कहीं बाहर

हैं ? जितेन्द्र ने झेंपते हुए प्रति उत्तर में उनके घर के अंदर काम में व्यस्त होने की बात कही और तेजी से अंदर की ओर उन्हें बुलाने के लिये गये। अंदर कक्ष से जितेन्द्र एवं उसकी पत्नी के बीच के वार्तालाप के कुछ अंश विचरण करते हुए संजय एवं योगिता के कानों तक पहुँच गये, जिन शब्दों ने इस बात की पुष्टि की, कि जितेन्द्र की धर्मपत्नी उनके यहाँ आने से बहुत ज्यादा प्रसन्न नहीं है। जितेन्द्र ने बाहर आते ही झूठ बोलते हुए, कहा कि वह शीघ्र ही आ रही है। आतिथ्य सत्कार की मिठास अब संजय और योगिता को थोड़ी कड़वाहट का अहसास कराने लगी परन्तु जितेन्द्र का आत्मीय व्यवहार कुछ हद तक सुकून प्रदान कर रहा है। आपसी बातचीत के बीच आधुनिक परिधानों से सुसज्जित रूप-सौंदर्य की मल्लिका जितेन्द्र की धर्मपत्नी माधुरी प्रकट हुई। उसके रूप-सौंदर्य पर योगिता मुग्ध हो गई। अभिवादनों के आदान-प्रदान के साथ ही वार्तालाप का दौर भी शुरू हुआ जो रात्रि के भोजन के बाद संजय एवं योगिता के वापस अपने हॉटल के लिये निकलने तक जारी रहा। टैक्सी में बैठने से लेकर हॉटल पहुँचने तक संजय और योगिता कुछ ख़्यालों में खोये रहे, एक-दूसरे से दोनों ने कोई बात नहीं की। हॉटल पहुँचकर अपने कमरे में पहुँचने तक उनकी चाल भी इस बात का अहसास करा रही है कि कुछ तो गलत हुआ है। जितेन्द्र के घर जाने के लिए जब दोनों निकले थे तो उनकी चपल चाल, उनके मन के उत्साह को प्रदर्शित कर रही थी, जबकि वापसी बिल्कुल विपरीत है। कमरे में प्रवेश करते ही दोनों निढाल होकर बिस्तर पर लेट गए। कुछ समय बाद दोनों के सहज होते ही बातचीत का सिलसिला प्रारंभ हुआ। योगिता ने बड़ी ही मार्मिकता से संजय से पूछा-क्या जीवन में सिर्फ़ पैसा एवं समृद्धि ही सम्मान का हकदार होता है ? क्या हम जैसे सामान्य लोग सम्मान के हकदार नहीं होते ? संजय के मन में जो बात थी, वही बात योगिता ने भी कही। संजय ने कहा - हाँ शायद यही सच है, तभी तो जितेन्द्र की पत्नी का व्यवहार अपने पालतू विदेशी कुत्ते के प्रति जैसा था, हमारे लिए उतना भी नहीं था। जितेन्द्र की पत्नी के व्यवहार से संजय एवं योगिता आहत थे, इस बात ने उसकी पुष्टि कर दी। योगिता ने कहा कि हम गाँव वाले सामान्य लोग तो जब घर पर कोई मेहमान आता है तो भले ही छप्पन भोग से उनका स्वागत न कर सकें, परन्तु अपने व्यवहार एवं प्यार से जो भी परोसा जाता है, उसे अमृत तुल्य बनाने का प्रयास करते हैं, अतिथि को यह अहसास कराने के लिये हर प्रयत्न करते हैं कि उनके आने से हमें कितनी प्रसन्नता हुई है।

संजय यद्यपि जितेन्द्र के व्यवहार से संतुष्ट एवं प्रफुल्लित है, उसे अपने मित्र के व्यवहार से कोई शिकायत नहीं है। परन्तु उसकी पत्नी का व्यवहार उसे आहत कर गया है। संजय ने योगिता को सहज करने के लिये जितेन्द्र के व्यवहार का

उदाहरण दिया तथा माधुरी के दुर्व्यवहार को भूल जाने का सुझाव दिया। साथ ही कहा-इतना बड़ा फ़िल्म स्टार जो भारत का रत्न है, यदि उसने हमारे जैसे मामूली सैनिक को अपने घर बुलाया, यही उसकी महानता है। योगिता का मौन उसके आहत हृदय की व्यथा की अभिव्यक्ति है। पूरी रात दोनों उसी मान-अपमान की समीक्षा करते रह गये। भोर में जाकर नींद ने इन दोनों को अपने आगोश में लिया। अगली सुबह दोनों देर से बिस्तर से उठे। दोनों का मनः मस्तिष्क आज उतना चंचल नहीं है, जैसा बीते कल में था। अगली सुबह दोनों ने मुंबई के बाकी बचे स्थानों जैसे सिद्धि विनायक मंदिर, लक्ष्मी मंदिर, पिया हाजीअली की दरगाह दर्शन करने की योजना बनाई तथा वर्तमान के भगवान अर्थात् फ़िल्मी अभिनेताओं एवं अभिनेत्रियों का घर देखने की भी योजना बनाई। मुंबई जाने वाले प्रत्येक व्यक्ति को प्रत्येक टैक्सीवाला इस क्षेत्र को घूमने की सलाह ऐसे देता है, मानो भगवान के मंदिर जाने को कह रहा हो। संजय और योगिता लगातार भ्रमण करते रहे और इस मुंबई भ्रमण का आनंद लेते रहे।

पूर्व निर्धारित कार्यक्रम के अनुसार अंततः आज बारह बजे की ट्रेन से वापस अपने घर के लिये संजय एवं योगिता निकल पड़े। मुंबई में जितेन्द्र के व्यवहार एवं मुंबई की सुंदरता एवं भव्यता की मीठी याद तथा जितेन्द्र की पत्नी के दुर्व्यवहार की कड़वी यादें लिये लम्बी यात्रा के बाद अंततः वे अपने घर पहुँच गये। संजय ने योगिता को निर्देशित किया कि वह जितेन्द्र की पत्नी के दुर्व्यवहार के संबंध में माँ से कुछ ना कहे। माँ और अलका संजय और योगिता को अपने बीच पाकर खुश हुये तथा यात्रा का कुशलक्षेम पूछा। संजय एवं योगिता ने अपनी इस यात्रा को अद्भुत एवं यादगार बताया। अवकाश के शेष दिनों को संजय ने अपने परिजनों, रिश्तेदारों एवं दोस्त राघवेन्द्र के साथ व्यतीत किया। आज अवकाश समाप्ति पर पुनः अपने पदस्थापना स्थल के लिये अपने परिवार से बिछड़ कर बोझिल मन से ट्रेन से रवाना हुआ। थकान भरी यात्रा उपरान्त अपने पदस्थापना स्थल पर सकुशल पहुँच गया तथा सकुशल पहुँचने की सूचना से अपने परिजनों को अवगत कराया।

ड्यूटी ज्वाईन करते ही संजय को बताया गया कि उनकी पूरी टीम को पाकिस्तान की सीमा के करीब के गाँव उरी पर तैनात होना है। कश्मीर की कड़क बर्फीली ठंड में सीमा सुरक्षा एक, दुष्कर कार्य होता है। संजय एवं उसकी पूरी टीम का मेडिकल चेकअप कराया गया तथा समस्त आवश्यक संसाधनों के साथ पूरी सुरक्षा ऐहतियात के बीच संजय एवं उसकी पूरी कंपनी अपने कर्तव्य स्थल उरी सकुशल पहुँच गये। खुले आसमान के नीचे प्रकृति की सुन्दरता के बीच चारों ओर हरियाली से घिरे सेना के इस कैम्प में चारों ओर कड़ी सुरक्षा घेरा के बीच लगे टेन्टों

में पूरी कंपनी को ठहराया गया। "कश्मीर से लेकर कन्याकुमारी तथा बंगाल से लेकर गुजरात तक सम्पूर्ण भारत में फ़ौज को या यह कहना उचित होगा, कि सम्पूर्ण सुरक्षा बलों को ऐसी अल्प सुविधायें ही मुहैया हो पाती हैं। अल्प सुविधा वाले क्षेत्र को भी अपनी कठिन मेहनत से सुविधा सम्पन्न एवं साफ़ सुथरा सुन्दर बनाना तो प्रत्येक देशवासियों को सुरक्षा बलों से ही सीखना चाहिए। शहरों में जहाँ पर तथाकथित सभ्य समाज एवं शासन प्रशासन भी सम्पूर्ण साधन सम्पन्न होने के बाद भी स्वच्छता पर ध्यान नहीं रख पाते, वे अगर एक बार इन सुरक्षाबलों के कैम्पों का भ्रमण कर ले तो शायद उनकी आँखें खुल जायें।" संजय एवं उसकी पूरी कंपनी को पन्द्रह दिनों तक क्षेत्र की भौगोलिक स्थिति, जटिलता, आतंकवादियों एवं सीमा-पार के दुश्मनों के संभावित खतरे एवं उससे निपटने के तरीकों तथा कैम्प की सुरक्षा की सम्पूर्ण जानकारी पूर्व से तैनात सुरक्षा अधिकारी एवं जवानों द्वारा दी गई। इन पन्द्रह दिनों में ही कड़कती ठंड एवं चुनौतियों ने संजय एवं उसकी पूरी कंपनी को भविष्य में आने वाली परेशानियों से साक्षात्कार करा दिया था। कोई भी ऐसा दिन नहीं था, जब इस कैम्प पर रात के समय कभी भी दुश्मनों के फायर की आवाज़ नहीं आती हो। परन्तु कैम्प सुरक्षा का ड्रिल ऐसा था कि किसी जान-माल की अभी तक क्षति नहीं हुई थी। जब संजय एवं उसकी पूरी कंपनी कैम्प संभालने के लिए सक्षम एवं अभ्यस्त हो गई, तब पुरानी कम्पनी अपने नये पदस्थापना स्थल के लिये रवाना हो गई। भौगोलिक दुर्गमता एवं सीमापार के दुश्मनों एवं आतंकियों से असुरक्षा के बीच संजय एवं उसकी पूरी कंपनी मुस्तैदी, दृढ़ता एवं अदम्य साहस के साथ अपने कर्तव्यों का निर्वहन करते रहे।

नियमानुसार आज शाम की गणना समाप्त होते ही संजय भोजन करके सीधे अपने बैरक चला गया। वर्दी धारण कर अपना हथियार एवं अन्य आवश्यक सामग्रियाँ लेकर संजय एवं उसके चार अन्य साथी अपने सुरक्षा पोस्ट के लिये रवाना हुये। आज रात्रि नौ से बारह बजे तक कैम्प सुरक्षा हेतु एक पोस्ट में संत्री ड्यूटी इन्हीं लोगों की थी। संजय एवं अन्य जवान सुरक्षा पोस्ट पर जाकर सजग और चौकन्ना होकर ड्यूटी पर तैनात हो गये। संजय और उसके अन्य साथियों को उनके सुरक्षा पोस्ट से कुछ दूरी पर हलचल नज़र आई। संजय और साथी जवान कुछ समझ पाते इससे पहले ही उनकी सुरक्षा पोस्ट पर दुश्मनों ने फायरिंग करते हुये हमला कर दिया। संजय और साथी जवानों ने बहादुरी का परिचय देते हुए, धैर्य रखते हुये दुश्मन की गोलियों का जवाब गोलियों से दिया। करीबन दस मिनट तक दोनों ही ओर से रूक-रूक कर फायरिंग होती रही, परन्तु जवानों के सूझबूझ, अदम्य साहस एवं दैवीय कृपा से किसी भी प्रकार के जान-माल का नुकसान नहीं हुआ। संजय एवं

उसके अन्य साथी जवान फायरिंग रूकने के बाद करीब एक घण्टे तक हतप्रभ रहे, जब तक उनके वरिष्ठ अधिकारी अन्य सहयोगियों के साथ पहुँच नहीं गये। वरिष्ठ अधिकारियों ने संजय एवं उसके अन्य साथी जवानों के अदम्य साहस की मुक्त कंठ से प्रशंसा की, संजय एवं उसके अन्य साथी जवानों का मौत से यह पहला साक्षात्कार था। बारह बजे ड्यूटी समाप्त होते ही संजय अपने बैरक चला गया, परन्तु पूरी रात मौत से हुए साक्षात्कार ने एक पल के लिये भी उसे सोने नहीं दिया। विचार आया कि रात में ही पत्नी योगिता को पूरी घटना से अवगत कराया जाये, परन्तु पूरे घर के असहज हो जाने की कल्पना से उसने घर में किसी को नहीं बताना ही उचित समझा। सारी रात जहाँ मौत का डर उसे सताता रहा, वहीं जिस साहस से उन लोगों ने दुश्मन का सामना किया और मुँहतोड़ जवाब दिया तथा वरिष्ठ अधिकारियों से मिली प्रशंसा संजय को क्षणिक सुकून दे रहा है तथा अंत:मन से वीरता का भाव उसे वीर होने की उपाधि से अलंकृत कर रहा है।

सुबह होते ही पूरे कैम्प में प्रतिदिन जैसा ही माहौल है, कहीं से भी ऐसा नहीं लग रहा है कि कल रात कोई भीषण हमला हुआ हो। ''सुरक्षा में लगे अधिकारियों एवं कर्मचारियों की ऐसी स्थिति सभी जगहों पर होती है, कोई भी घटना या दुर्घटना हमारे सुरक्षा बलों का मनोबल नहीं गिरा पाती है। एक ही सूत्र वाक्य ''द शो मस्ट गो ऑन'' सुरक्षा बलों का आदर्श वाक्य है। यह देशभक्ति का जज़्बा ही है कि सुरक्षा बल के जवानों का कारवाँ अपने अभिन्न अंग के छूट जाने अर्थात जवानों के शहीद हो जाने पर भी देश रक्षा का संकल्प लिये निर्बाध रूप से गतिशील रहता है। अपने साथी को हमेशा के लिये खोने वाले जवानों की जिन्दादिली उन्हें कर्तव्य-पथ पर द्रुतगति से अग्रसर रखती है।'' निर्धारित समय पर संजय अपने ड्यूटी स्थल पर पहुँचा, पर आज उसका आत्मविश्वास बीते कल की अपेक्षा दोगुना परिलक्षित हो रहा है। आत्मविश्वास से लबरेज़ संजय अपने मोर्चे पर पूरी सजगता से ड्यूटी करते रहा। आज सीमा पार की शांति स्पष्ट रूप से उसके कानों को सुकून का अहसास करा रही है। ड्यूटी से छुटते ही संजय सीधे अपने बैरक गया, वर्दी उतारकर, सादे वेशभूषा में अपने टिफ़िन का ठंडा खाना लेकर खाने बैठा और सोचने लगा कि एक ओर घर का सुकून होता है, जहाँ माँ, बहन या पत्नी अपने हाथों से गर्मागर्म खाना परोसती है, वहाँ पर खाने में अनगिनत खामियाँ निकालते बन जाती है। यहाँ सुबह से बना हुआ ठंडा खाना भी अमृत तुल्य लगता है, इसी अमृत को पूरी तन्मयता से संजय ग्रहण करने लगा। खाना समाप्त करके बर्तन साफ़ कर संजय अपने निर्धारित स्थान पर लगे बिस्तर पर आकर लेट गया।

इसी बीच बैरक में रहने वाले चार अन्य जवान उसके पास के पलंग में आकर

बैठ गये, इसमें से एक जवान ने कल रात्रि के हमले में संजय की बहादुरी के लिये बधाई दिया एवं कहने लगा–कि कल जिस वीरता से तुमने दुश्मनों का जवाब दिया, अगर भारतीय क्रिकेट टीम का एक बल्लेबाज किसी पाकिस्तानी गेंदबाज के एक ओवर में चार छक्के लगा देता या अंतिम ओवर में अंतिम गेंद में छक्का लगाकर भारत को मैच जीता देता तो लाखों रूपये पाने का हकदार हो जाता और यहाँ देखो हमारी टीम ने दुश्मन देश को जबरदस्त पटखनी दी उसके एवज में एक डिब्बा मिठाई भी नसीब नहीं हुआ। एक जवान ने मज़ाक करते हुये कहा अरे जवानों को एक-एक बोतल अच्छी शराब भी मिल जाती तो किसी ट्रॉफी से कम वो भी ना होती। एक जवान के कहा अरे सबको पाँच-पाँच दिन अतिरिक्त छुट्टी मिल जाती तो उससे बड़ा कोई ईनाम नहीं हो सकता। संजय सब की बातों पर हँसता रहा, फिर बड़ी गंभीरता से उसने कहा मैं मानता हूँ कि एक जवान ही सफ़लता या उसकी पूरी टीम की सफ़लता ना तो किसी मीडिया में पर्याप्त स्थान पाता है, और ना ही आम जनता के लिये कोई विशेष महत्व रखता है। भले ही हमें कोई ईनाम ना मिले, पर इतना तो सार्वभौम सत्य है कि जनता सबसे ज्यादा विश्वास भी वर्दीधारियों पर ही करती है। हम नींव के पत्थर हैं जिनकी खूबसूरती भले ही चर्चा का विषय ना बन पाये, पर भवन की आधारशिला होने का उसका दावा सर्वमान्य है। एक सैनिक की वर्दी में भारत का राष्ट्रीय चिन्ह धारण करने का विशिष्ट एकाधिकार है, जो आम जनता को नहीं है, ना ही किसी फ़िल्म स्टार, ना नेता, ना अन्य गणमान्य को। यह किसी भी बड़ी से बड़ी ट्रॉफी या राशि से बढ़कर है। शहीद होने पर कफ़न के रूप में राष्ट्रीय तिरंगा का मिलना विश्व की किसी मूल्यवान वस्तु से बढ़कर है। संजय की इन बातों को सुनकर अन्य जवानों का सीना चौड़ा हो गया, कुछ देर पहले उनके मन में आई नकारात्मक बातें उड़न छू हो गई। शायद यही जज़्बा सुरक्षा बलों को ऊर्जा देती है, जिससे वे नि:स्वार्थ होकर विपरीत से विपरीत परिस्थिति में भी मातृभूमि की रक्षा में तैनात रहते हैं। संजय एवं उसके साथ अदम्य साहस प्रदर्शित करने वाले सभी जवानों को विभागीय रूप से यथायोग्य सम्मानित किया गया।

समय बीतने के साथ ही संजय की बहन अलका का विवाह भी एक सम्पन्न घराने में हो गया। संजय की पदस्थापना अब पुलवामा में हो गई, जो पहले की पदस्थापना स्थल की तुलना में कुछ शांत स्थान है। संजय को आज शाम की गणना पर सूचना मिली की भारत की शान, भारतीय क्रिकेट सितारा हरीश कल एक चैरिटी प्रोग्राम के तहत उनके कैम्प में आने वाले हैं। ''क्रिकेट और किक्रेटर की लोकप्रियता से भारतवर्ष का शायद ही कोई ऐसा व्यक्ति होगा जो प्रभावित न हो।'' पूरे कैम्प में इस सूचना से अद्भुत ऊर्जा का संचार हुआ है। संजय सौभाग्यशाली है कि जिस वक्त

हरीश का कार्यक्रम होगा, उस वक्त उसकी कैम्प के मोर्चे पर सुरक्षा ड्यूटी नहीं लगी है। परन्तु जिन लोगों की उस समय विशेष पर ड्यूटी लगी है, वे परेशान हैं तथा हरसंभव प्रयास कर रहे हैं कि उनकी ड्यूटी कल टल जाये तो वे भी उन सौभाग्यशाली लोगों की सूची में शामिल हो जायेंगे, जो क्रिकेट स्टार से मिल पायेंगे। संजय के कुछ फ़ौजी मित्रों को जानकारी थी कि मशहूर क्रिकेटर हरीश संजय का घनिष्ठ मित्र है। उन लोगों ने संजय से आग्रह करना शुरू कर दिया कि कल माशहूर भारतीय किक्रेटर से परिचय करा दें तथा फ़ोटो खिंचवाने में मदद कर ऑटोग्राफ दिलवा दें। धीरे-धीरे यह बात पूरे कैम्प के अधिकारी एवं कर्मचारियों को पता चल गई। अचानक ही सामान्य फ़ौजी संजय सेलिब्रिटी बन गया। सभी लोग यथासंभव प्रयास कर रहे हैं कि संजय के माध्यम से अपने चहेते क्रिकेटर का सान्निध्य प्राप्त कर लें।

संजय यह तो जानता है कि हरीश उसका सच्चा मित्र है, परन्तु वह यह भी जानता है कि हरीश एक मशहूर क्रिकेटर है तथा अपने दोस्त के व्यवहार एवं मशहूर क्रिकेटर के व्यवहार में समानता होगी, इस बात को लेकर वह आश्वस्त नहीं है। इसी कारण उसने अपने कैम्प के सभी साथियों से उनके आग्रह पर सिर्फ़ हामी भरी, परन्तु आश्वस्त नहीं कर पाया। संजय पूरी रात सिर्फ़ यही सोचते रहा कि कल हरीश का व्यवहार कैसा होगा। क्या वह अपने इस मामूली फ़ौजी दोस्त से दोस्ती निभायेगा या फिर सफ़लता के शिखर पर आसीन उस सफ़ल खिलाड़ी की दृष्टि उस पर पड़ेगी ही नहीं। संजय इस बात को लेकर आशंकित है। अगर हरीश ने उसे महत्व नहीं दिया तो पूरे कैम्प में उसे झूठा समझा जायेगा कि उसने हरीश से दोस्ती होने की झूठी बात बताई थी। संजय की काफ़ी लम्बे समय से हरीश से बात भी नहीं हुई थी, इस कारण उसका व्यवहार क्या एवं कैसा होगा, यह सुनिश्चित नहीं था। संजय यह भी जानता है कि हरीश को इस बात की जानकारी नहीं है कि संजय की पदस्थापना वहीं पर है, जहाँ पर कल उसे आना है। खुली आँखों और चंचल मन के साथ ही संजय की पूरी रात कट गई।

सुबह की दिनचर्या में आज सभी काफ़ी उत्साहित नज़र आ रहें हैं। सम्पूर्ण कैम्प में ऐसा माहौल है, जैसे कोई त्यौहार मनाया जाने वाला है। हरीश के आने से एक घण्टा पूर्व सभी अधिकारी, कर्मचारी अनुशासन में बंधकर अपनी अपनी निर्धारित जगह पर बैठ गये। संजय चूँकि एक सैनिक है, इस कारण अनुशासित होकर वह भी अन्य सैनिकों के साथ बैठा है। हरीश का काफ़िला जैसे ही पहुँचा वरिष्ठ अधिकारीगण उसके स्वागत के लिये मुख्यद्वार पर पहुँच गये। हरीश के पहुँचते ही फ़ौज के बैण्ड ने जोशीले गीत बजाकर उनका स्वागत किया। फूल माला

से स्वागत की परंपरा निर्वहन के साथ हरीश को मुख्य मंच पर लाया गया। अपने चहेते क्रिकेटर को पास से देखने एवं फ़ोटो खिंचवाने की लालसा, सभी के अंदर थी, परन्तु अनुशासन की सख्ती ने सभी को निर्धारित स्थान पर ही जकड़े रखा। मंचासीन हरीश एवं वरिष्ठ अधिकारीगण उद्घोषक की उद्घोषणा के अनुसार मंचीय कार्यक्रम का निर्वहन करते रहे। इसी बीच एक वरिष्ठ अधिकारी ने हरीश को बताया कि संजय नाम का एक सैनिक भी इसी यूनिट में है तथा वह आपके गाँव का मित्र होना बताता है। यह सुनते ही हरीश के चेहरे पर अत्यन्त प्रसन्नता का भाव प्रकट हुआ, हरीश ने तुरन्त ही उस वरिष्ठ अधिकारी से संजय को मंच पर बुलाने का आग्रह किया। वरिष्ठ अधिकारी ने उद्घोषक के कानों पर जाकर यह बात बतायी। इसके बाद उद्घोषक ने जैसे ही संजय को मंच पर बुलाने की उद्घोषणा की, संजय की स्थिति बिल्कुल ही वैसी हो गयी, जैसे सुदामा जी को द्वारिकाधीश श्रीकृष्ण जी ने अपने पास बुलाया था। संजय भाव-आतुर होकर मंच पर गया। हरीश भी अपने मित्र के स्वागत के लिये बाहें फैलाये खड़ा था। संजय के मंच पर आते ही दोनों मित्रों का ऐसा मिलन हुआ जिसने छोटे-बड़े, ऊँच-नीच की सभी बाधाएँ हटा दी। दोनों मित्रों ने दोस्ती की ऐसी मिसाल पेश की जिससे सभी उपस्थित लोग भावविह्वल हो उठे। हरीश ने संजय से मंच पर ही बैठने को कहा, परन्तु संजय ने फ़ौज के अनुशासन का हवाला देकर नीचे जाकर बैठने के अपने फैसले से हरीश को सहमत करा लिया। संजय अपनी निर्धारित जगह पर जाकर बैठ गया। हरीश ने अपने उद्बोधन में कई बार संजय का जिक्र किया, जिससे संजय का मान बढ़ते ही गया। मंचीय कार्यक्रम समाप्ति के उपरान्त वरिष्ठ अधिकारियों एवं उनके परिवार का हरीश के साथ फ़ोटो खिंचवाने की प्रक्रिया चलते रही। अनुशासन से बंधे सैनिकों को भी अपने चहेते क्रिकेटर से मिलने का मौका मिला। संजय ने भी कुछ लोगों को हरीश से मिलाया, समय की कमी का हवाला देते हुए हरीश का काफ़िला अपने गंतव्य के लिये रवाना हो गया। कैम्प में जिन-जिन लोगों को अपने चहेते क्रिकेटर के साथ फ़ोटो खिंचवाने में सफ़लता मिली, उनके चेहरे पर विजेता का भाव स्पष्ट रूप से परिलक्षित हो रहा है, परन्तु जो लोग इस सौभाग्य से वंचित रहे उनके अंत:मन की नाराज़गी भी स्पष्ट परिलक्षित हो रही है। संजय को भी उन लोगों की अप्रत्यक्ष नाराज़गी झेलनी पड़ी, जिनको हरीश से मिलाने की बात पर उन्होंने हामी भरी थी।

संजय रात्रि के अपने ड्यूटी टाईम पर मोर्चे पर तैनात हो गया। ड्यूटी उपरान्त आकर चैन की नींद सो गया। सुबह होते ही बैरक के लगभग सभी जवान एक जगह बैठकर बीते कल के अपने अनुभव पर चर्चा करने लगे। किसी ने हरीश के व्यवहार की तारीफ़ की तो, किसी ने उसके पहनावे एवं शारीरिक सौन्दर्य की बात

की। किसी ने संजय के साथ उसके मित्रवत् व्यवहार की भी चर्चा की। एक जवान ने संजय को सम्बोधित करते हुए कहा कि संजय कुछ वर्ष पूर्व तक तुम दोनों एक जैसे सामान्य से इन्सान थे। आज हरीश सफ़लता एवं शोहरत के उस मुकाम पर है, जहाँ हमारे जैसे लोगों के लिये पहुँचना नामुमकिन हैं। हम पूरे महीने भर दुश्मनों की गोलियों से जब बच पाते हैं, तब कहीं जाकर एक माह के मिलने वाले वेतन से अपने और अपने परिवार का पेट पाल सकते हैं। जितने बड़े घर में हरीश के ड्रायवर या नौकर रहते होंगे, उतने की कल्पना तो हमारा पूरा परिवार भी नहीं कर सकता। हवाई जहाज की यात्रा का सपना लिये ना जाने कितने सैनिकों के माता-पिता यह दुनिया छोड़ जाते हैं और परिवार के सदस्य आसमान में उड़ते हवाई जहाज को देखकर ही संतुष्ट हो जाते हैं। वहीं हरीश के लिये हवाई जहाज बिल्कुल वैसा ही है, जैसा हमारे लिये रिक्शा। संजय के दोस्त की इन बातों ने वहाँ उपस्थित सभी जवानों को अन्दर से झकझोर दिया। माहौल में शून्यता आ गयी। संजय ने स्वयं को इन प्रश्नों के वार से सम्भालते हुए कहा, यह बात तो सही है, परन्तु हरीश ने जो भी हासिल किया है उसके पीछे उसकी कड़ी मेहनत है तथा वह उसका हकदार है। हम वहाँ है जिसके हम हकदार हैं। यह बात सही है कि हरीश के पास या उन जैसे अन्य ख्यातिलब्ध लोगों के पास जो आर्थिक सामाजिक प्रतिष्ठा है, वह हम लोगों के पास नहीं है। परन्तु देश एवं मातृभूमि की सेवा का जो अवसर हम जवानों के पास है, वह हर किसी को नहीं मिल सकता। राष्ट्रीय चिन्ह, राष्ट्रीय ध्वज पर जो अधिकार हमारा है, वह हर किसी के पास नहीं है। संजय की इन बातों पर सभी ने कुछ प्रतिक्रिया के साथ अपनी मौन सहमति दी, परन्तु आर्थिक विपन्नता एवं आर्थिक एवं शारीरिक असुरक्षा का भाव सभी के अंत:मन में जरूर है। वाद-विवाद की समाप्ति के बाद सभी जवान बोझिल मन और भारी कदमों के साथ अपने अपने बैरकों में जाकर सो गये।

बीती रात, बीता दिन एवं बीती हुई बातें सुरक्षा बल के वर्तमान दिन में कोई मायने नहीं रखता है, सुरक्षा बल में प्रतिदिन का प्रातः काल कुछ घोषित, कुछ अघोषित चुनौतियाँ लेकर आता है, जिसका प्रत्यक्ष या अप्रत्यक्ष सामना सुरक्षा बल को करना पड़ता है। संजय प्रात:कालीन दिनचर्या में संलग्न था, इसी बीच उसे फ़ोन से इस बात की सूचना मिली की उसका दोस्त राघवेन्द्र जो सांसद था, उसे केन्द्रीय राज्यमंत्री के पद से नवाजा गया है। संजय के लिये यह खबर यद्यपि आर्थिक या अन्य किसी रूप में लाभकारी नहीं है, परन्तु दोस्त का सच्चा मन अपने अन्य दोस्त की सफ़लता पर वैसा ही आह्लादित होता है, मानो यह उसकी निजी सफ़लता हो। संजय ने अपनी खुशी को बाँटते हुए अपनी पत्नी, अपनी माँ एवं बहन अलका से

फ़ोन पर बात की। अपने दोस्तों हरीश एवं जितेन्द्र से भी उसने अपनी खुशी बाँटने का क्षणिक निर्णय लिया, परन्तु शायद अब उनकी आर्थिक एवं सामाजिक प्रतिष्ठा ने संजय को भयभीत किया है तथा अनिश्चित अपमान की आशंका से वह हरीश और जितेन्द्र को फ़ोन नहीं लगा सका। वह अपने दोस्त और दोस्ती के बारे में सोचने लगा, सहसा उसके मोबाईल फ़ोन पर आते फ़ोन कॉल का नाम देखकर संजय खुशी से उछल पड़ा, वह नम्बर जितेन्द्र का था। जिस दोस्त से बात करने की इच्छा थी, उसका ही फ़ोन आ जाना बिन माँगे मुराद पूरी होने के बराबर थी। संजय को आज अपने एक दोस्त के संबंध में अच्छी खबर मिलना और दूसरे दोस्त का फ़ोन आना अत्यंत सुखद घटना है दोनों घटनाओं से उसकी भावनाओं का ज्वार उठ खड़ा हुआ। आत्मीय वार्तालाप के पश्चात् संजय तैयार होकर अपनी ड्यूटी पर चला गया।

संजय अपनी ड्यूटी समाप्ति उपरान्त वापस बैरक आकर अपना टिफ़िन समाप्त कर राघवेन्द्र को बधाई देने के लिये अपने मोबाईल से उसके मोबाईल पर फ़ोन किया। राघवेन्द्र के फ़ोन पर किसी अपरिचित आवाज़ को पाकर संजय को अहसास हुआ कि उसने किसी गलत नंबर पर कॉल तो नहीं कर दिया। पुनः नंबर चेक कर उसने पुनः कॉल किया फिर उसी अपरिचित आवाज़ ने बताया कि वह केन्द्रीय राज्यमंत्री राघवेन्द्र का निज सचिव बोल रहा है तथा मंत्री जी के व्यस्त होने की बात उसने बतायी। निज सचिव ने संजय का नाम पूछा तथा मंत्रीजी को बाद में बताने का आश्वासन दिया। संजय को पूरी उम्मीद है कि राघवेन्द्र को जब उसके फ़ोन कॉल के बारे में पता चलेगा, वह तुरन्त ही उसे वापस कॉल करेगा। पूरा दिन संजय इस फ़ोन कॉल का इंतज़ार करते रहा, हर किसी फ़ोन कॉल पर उसे अहसास होता कि यह कॉल राघवेन्द्र का होगा, परन्तु मोबाईल के स्क्रीन पर अंकित नाम हर बार संजय को अहसास कराता था कि राघवेन्द्र अब तुम्हारा दोस्त नहीं केन्द्रीय राज्यमंत्री है, जिनकी प्राथमिकताएँ अलग हैं। मानसिक अस्थिरता एवं अविश्वास के बीच संजय अपने मन को विश्वास दिलाने का प्रयास करने लगा कि राघवेन्द्र मंत्री हुआ तो क्या हुआ? है तो उसका दोस्त और उनकी दोस्ती की जड़ गहरी और मजबूत है। इसी अर्द्धसत्य आश्वासन के बल पर संजय रात में गहरी नींद ले पाया।

प्रातःकाल में अपनी नियमित दिनचर्या का पालन करते हुए भी संजय शायद उसी फ़ोन कॉल का इंतज़ार करता रहा, इंतज़ार का यह पल घंटे दो घंटे या दिनों-दिन नहीं, वरन् महीने भर चलते रहा। संजय अब इस मनः स्थिति में आ गया कि राघवेन्द्र अब दोस्त नहीं रहा, वह अपनी प्राथमिकता में अपने दोस्तों को नहीं रखता। संजय ने अपने इस विचार को अपनी पत्नी से साझा किया, परन्तु संजय को इस सोच पर समर्थन नहीं मिला। संजय की पत्नी योगिता ने राघवेन्द्र की व्यस्तता एवं

ज़िम्मेदारी का सम्मान करने की सलाह भी दे डाली। संजय अपनी ड्यूटी और ज़िम्मेदारी में अब ऐसा खो गया कि उसे अब यह घटना शायद याद भी नहीं रहा।

संजय को इस वर्ष अप्रैल माह में पूरे माह भर की छुट्टी मिली है। संजय ने अपनी पत्नी से कहा कि इस बार छुट्टी में कहाँ चलना है, तो उसकी पत्नी ने मज़ाकिया लहजे में ही सही परन्तु दिल पर लगी चोट का ही वर्णन करते हुए कहा कि कहीं भी जायेंगे, परन्तु आपके दोस्तों के घर नहीं जायेंगे। अपनी पत्नी की बात सुनकर संजय पलभर के लिये निःशब्द रहा फिर कहा कि मेरे दोस्तों में क्या खराबी है। वे आज देश के अनमोल रत्न हैं। उनका नाम है, शौहरत है, धन है, लेकिन मेरे प्रति प्यार भी रखते हैं। मुझे जितनी तनख्वाह मिलती है, उतनी तनख्वाह पाने वाले उनके घर में दर्जनों नौकर हैं। उनकी फ़िल्में, उनका मैच देखने के लिये हमारे जैसे हजारों लोग चिलचिलाती धूप में खड़े होकर टिकट लेते हैं। जितना खर्च हम अपने बच्चों के पालन–पोषण में करते हैं, उससे ज्यादा खर्च तो उनके घरों में पलने वाले एक कुत्ते पर हो जाता है। मैं अगर अपनी पैतृक संपत्ति और पूरी जमा पूँजी लगा दूँ, तब भी उनके पास की सबसे सस्ती कार जैसी कार नहीं ले सकता। यह सब होते हुए भी अगर वे मुझसे एक बार बात कर लेते हैं, तो ये उनकी महानता है। हमारे जैसे सैनिक तो हर गली, हर मुहल्ले से एक बन सकता है, परन्तु ये तो रत्न है ''भारत के रत्न'' इनमें से कल किसी को ''भारत रत्न'' किसी को ''ऑस्कर'' किसी को ''नोबल शांति पुरस्कार'' मिल सकता है। ऐसे विभूतियों से एक सैनिक की क्या तुलना। उन लोगों के द्वारा हम जैसे लोगों से बात करना और संबंध बनाये रखना हमारे अच्छे कर्मों का फ़ल है। संजय ऐसा कहते हुए भाव विह्वल हो गया, उसे शायद राघवेन्द्र का रूखापन अन्दर से रूला रहा है। योगिता की उसके दोस्तों की प्रति बनी धारणा से चिन्तित होकर संजय ने राघवेन्द्र के व्यवहार के संबंध में उससे कुछ भी नहीं कहा। योगिता भी संजय के मन की बातों को भाँपकर परिवार की बातों की ओर संजय को खींचकर ले गयी।

आज संजय अपनी एक माह की छुट्टी पर गाँव जाने के लिये निकल पड़ा, परन्तु उसने अपने ट्रेन की टिकट ऐसे बुक कराया है, जिसमें उसे एक दिन दिल्ली रूकने का अवसर मिल रहा है। इस समय में संजय ने राघवेन्द्र से दिल्ली में प्रत्यक्ष मुलाकात की योजना बनायी है, परन्तु यह योजना वह अपने घर में किसी को नहीं बताना चाहता है। लंबी रेल यात्रा के बाद संजय दिल्ली रेल्वे स्टेशन पर उतरा, स्टेशन परिसर के पास के एक लॉज में जाकर नहा–धोकर वह राघवेन्द्र के बंगले जाने के लिये निकला। राघवेन्द्र के बंगले का पता उसने हासिल कर लिया था। टैक्सी वाले ने राघवेन्द्र के बंगले से कुछ दूरी पर टैक्सी खड़ा किया। टैक्सी के

किराये का भुगतान करके संजय धीरे–धीरे कदमों से राघवेन्द्र के बंगले के गेट तक पहुँचा। मुख्यद्वार पर सुरक्षा अधिकारियों से संजय ने बात की तथा राघवेन्द्र और अपनी दोस्ती का हवाला दिया, सुरक्षा अधिकारियों ने उससे पूछताछ के बाद अंदर आने दिया। अन्दर आने पर एक सुरक्षाकर्मी ने आमजनों के बैठने के लिये निर्धारित जगह पर जाकर बैठने के लिये कहा। करीब एक घण्टे तक संजय इंतज़ार करते रहा। सभी आये हुए लोग भी वैसे ही बैठे रहे। संजय ने एक सुरक्षाकर्मी के पास जाकर हिम्मत करते हुए पूछा कि मंत्रीजी से कब मुलाकात होगी, तब सुरक्षाकर्मी ने बताया कि मंत्री जी कहीं बाहर गये हैं, जब लौट आयेंगे तभी मुलाकात संभव हो पायेगी। संजय अपनी जगह पर उस उम्मीद से जा बैठा कि हो सकता है, एक दो घंटे में उसकी राघवेन्द्र से मुलाकात हो जाये। दो घण्टे इंतज़ार उपरान्त भी राघवेन्द्र के आने का कोई संकेत नहीं मिला, मंत्री जी से मिलने के लिये इंतज़ार करने वालों की संख्या भी धीरे–धीरे कम होने लगी। संजय को एक बार लगा कि राघवेन्द्र के मोबाईल पर बातकर उसके घर में उसका इंतज़ार करने की बात बताये, परन्तु पिछला बुरा संस्मरण उसे ऐसा करने से रोकने लगा और संजय ने फ़ोन नहीं करना ही उचित जाना।

काफ़ी लंबा अंतराल इंतज़ार में बिताने के बाद संजय ने वापस जाना ही उचित समझा। बोझिल मन और थके हुए तन के साथ टैक्सी लेकर सीधे अपने लॉज पहुँचा। राघवेन्द्र के बंगले में उसके इंतज़ार के दौरान संजय ने अपने दोपहर का भोजन भी नहीं किया था, परन्तु लॉज आकर भी उसने कुछ नहीं खाया। शायद स्वयं को अपमानित महसूस करने की भावना उसके मन में रही हो। संजय सीधे अपने पलंग पर आकर सो गया। दुश्मनों की गोलियों का बहादुरी से सामना करने वाला संजय शायद अपनी सच्ची दोस्ती के टूटते बंधन एवं तिरस्कार का दंश झेल नहीं पा रहा है। एक हारे हुए योद्धा की भाँति संजय लम्बे समय तक निढाल पड़ा रहा फिर स्वयं को ढाढस बँधाते हुए उठ खड़ा हुआ। हाथ मुँह धोने के बाद नीचे चाय के ठेले पर गया तथा वहाँ चाय पिया। इसके बाद वापस लॉज आकर अपना बैग समेटकर लॉज का बिल भुगतान कर टैक्सी लेकर सीधे रेल्वे स्टेशन पहुँचा। रात्रि आठ बजे संजय की ट्रेन आयी, संजय ट्रेन में सवार होकर निकल पड़ा। एक अपराजित योद्धा की मनोदशा के साथ संजय अपनी निर्धारित सीट पर आकर बैठ गया। ट्रेन में सफ़र के दौरान बोगी में बैठी भीड़ के बावजूद संजय का एकाकीपन उसकी राघवेन्द्र के लिये बनी सोच की समीक्षा करने का पर्याप्त अवसर प्रदान कर रहा है। कभी संजय का मन इस निष्कर्ष पर पहुँचता था कि राघवेन्द्र संजय की अवहेलना नहीं कर रहा वरन् व्यस्तता के कारण उससे नहीं मिल सका। संजय का मन यह भी कह रहा है

कि राघवेन्द्र को संजय के उसके घर आने की जानकारी भी नहीं थी। परन्तु इस भावना पर तुरन्त प्रति–आक्रमण करता हुआ मन कहता है कि जब संजय ने पहली बार फ़ोन किया था, तब राघवेन्द्र के निज सचिव ने फ़ोन उठाया था। उसने तो राघवेन्द्र को संजय के फ़ोन के बारे में जरूर बताया होगा, इसके उपरान्त भी राघवेन्द्र ने ना तो वापस फ़ोन लगाया ना ही कोई संदेश भेजा। अंत:मन का यह द्वन्द अपने भीषण रूप में तब तक चलता रहा, जब तक संजय को नींद नहीं आ गयी। ट्रेन में अगले दिन की शुरुआत हो गई। संजय के दिन की शुरुआत उसी अन्तर्द्वन्द से हुयी जो कल शाम से उसके मन में जारी थी, परन्तु उसकी भीषणता शायद इस कारण कम है, क्योंकि संजय आज अपने घर पहुँचने वाला है। लंबे समय बाद वह अपने परिवार से मिलेगा, यही कल्पना उसे सुकून प्रदान कर रहा है।

दोपहर एक बजे संजय की ट्रेन उसके गाँव के रेल्वे स्टेशन पर पहुँची। ऑटो रिक्शा लेकर संजय सीधे घर पहुँचा। घर पहुँचते ही संजय पिछले कुछ दिनों के अपने अच्छे बुरे संस्मरण भूल गया। घर पहुँचते ही घर के दरवाजे पर खड़ी पहले से अधिक स्वस्थ माँ के पैर छूते ही उनके गले लग गया। उसके बाद प्यार भरी निगाहों से ताकती अपनी पत्नी को अपने चेहरे की मुस्कान और प्यार भरी आँखों से देखते हुए "कैसी हो" शब्द के संबोधन से अपने प्यार को अभिव्यक्ति प्रदान की। मध्यमवर्ग का संस्कार पति–पत्नी को परिजनों के समक्ष सिर्फ़ इतनी ही इज़ाज़त देता है। हाथ मुँह धोकर संजय खाना खाने बैठा। संजय की पत्नी ने संजय की पसंद का खाना बनाया है। मन पसंद खाना थाली पर है, संजय खाना खा भी रहा है, परन्तु उनके अंत:मन की व्याकुलता को उसकी पत्नी ने पढ़ लिया। उसने संजय को कहा बहुत थके हुए लग रहे हो जल्दी से खाना खाकर थोड़ा आराम कर लो। संजय ने बेमन से अपना खाना पूरा खाया। हाथ धोकर माँ से अनुमति लेकर सीधे अपने कमरे में जाकर अपनी बिस्तर पर लेट गया। संजय की पत्नी भी शीघ्रता से किचन समेटते हुए अपने कमरे में आ गयी। संजय की पत्नी ने संजय के माथे पर अपना हाथ फेरते हुए पूछा, क्या बात है? जिससे आप परेशान हो और मुझसे छिपाने की कोशिश कर रहे हो। संजय पहले तो सीधे शब्दों में स्वयं के परेशान होने की बात को नकार गया, परन्तु अपने मन के भारीपन को कम करने की बात सोचकर राघवेन्द्र को लेकर उसके मन में मचे भूचाल एवं घटनाक्रम का विस्तार से वर्णन करते गया। अपनी बात समाप्त करते हुए संजय ने अपनी पत्नी से पूछा कि क्या वह उसके इस बात से सहमत है कि राघवेन्द्र बदल चुका है। संजय को हाँ में हाँ जवाब की उम्मीद थी, परन्तु उसकी पत्नी ने संजय से कहा कि वह यह सोचती है कि राघवेन्द्र ने जानबूझकर संजय का तिरस्कार या अपमान नहीं किया है। अपनी बातों के समर्थन में

योगिता ने संजय से कहा कि राघवेन्द्र के बंगला जाने से पूर्व राघवेन्द्र को सूचित किया जाना था। सूचित नहीं किया जाना संजय की गलती है ना कि राघवेन्द्र की। संजय भी अपने तर्क प्रस्तुत करता रहा कि राघवेन्द्र की भी गलती है। अनिर्णित रूप में इस वार्तालाप का अन्त हुआ। संजय और उसकी पत्नी दोपहर के भोजन के बाद नींद के आगोश में समा गये।

शाम करीब पाँच बजे संजय नींद से जागा, चाय पीकर अपनी माँ के कमरे में गया, जहाँ बिस्तर पर लेटी माँ के सिराहने जाकर बैठ गया तथा उनकी सेहत, बहन अलका के ससुराल में खुश रहने आदि की बातों में खोया रहा। परन्तु राघवेन्द्र को लेकर उसने अपनी माँ से कोई बात नहीं की शायद वह माँ को मानसिक परेशानी से बचाना चाहता हो। इसी बीच संजय के पिताजी भी कमरे में आ गये। उन्होंने संजय से उसकी ड्यूटी, वहाँ मिलने वाले भोजन तथा सीमापार के आतंकियों की चुनौती आदि विषय पर लंबी चर्चा की। संजय लंबी चर्चा से निवृत्त होकर अपनी पत्नी को बताकर सीधे राघवेन्द्र के घर गया। ''दोस्ती के पवित्र रिश्ते की यही एक सुंदर भाव विहल करने वाली बात है कि दोस्त से भले ही मन खिन्न हो पर दोस्ती और दोस्त के परिजन आज भी उतने ही प्यारे लगते हैं।'' राघवेन्द्र के घर पहुँचने पर राघवेन्द्र की माँ एवं पिताजी घर के आंगन में बैठे हुए मिले। संजय ने पैर छूकर उनसे आशीर्वाद लिया। राघवेन्द्र की माँ एवं पिताजी ने संजय से वहीं लाड एवं प्यार प्रदर्शित किया जैसा वे राघवेन्द्र के प्रति रखते हैं। संजय भी राघवेन्द्र की माँ एवं पिताजी के लाड एवं प्यार से भावुक हो गया तथा राघवेन्द्र के प्रति मन में क्षणिक समय के लिये जमा हुआ मैल भी अब धुल गया। संजय ने उन्हें बताया कि यहाँ आते समय वह दिल्ली में रूका था। उसने राघवेन्द्र से मुलाकात के लिये प्रयास किया, परन्तु सफ़ल नहीं हो सका। राघवेन्द्र की माँ ने बताया कि राघवेन्द्र अभी कुछ दिनों से बहुत ज्यादा व्यस्त है तथा कुछ दिनों से उनसे भी कुछ समय के लिये ही बात हो पा रही है। राघवेन्द्र की माँ की इस बात ने संजय के मन में राघवेन्द्र के व्यवहार को लेकर बनी गलत छवि को सुधारने का कार्य किया। संजय राघवेन्द्र की माँ एवं पिताजी को अपने संस्मरण सुनाते रहा। इसी बीच संयोगवश राघवेन्द्र के पिताजी के मोबाईल पर राघवेन्द्र का फ़ोन आया। पिताजी से बात के दौरान राघवेन्द्र को जानकारी मिली की संजय उसके घर में उसकी माँ एवं पिताजी के पास ही बैठा है। राघवेन्द्र ने पिताजी से कहकर संजय से बात करना चाहा। संजय ने फ़ोन हाथ में लेकर अपने कानों में लगाया तथा फ़ोन पर राघवेन्द्र की आवाज़ सुनते ही भावुक हो गया, गला रूँध आया। संजय के रूँधे गले की आवाज़ राघवेन्द्र समझ गया, उसने तुरन्त संजय से उसका कारण जानना चाहा। परन्तु संजय ने बड़ी सहजता दिखाते हुए

गला खराब होना बताया, परन्तु साथ ही यह भी बताया कि वह दिल्ली स्थित उसके बंगले में मिलने गया था, परन्तु मुलाकात नहीं हो पायी थी। राघवेन्द्र भी यह बात जानकर दुःखी हुआ तथा उसने नाराज़गी जताते हुए संजय से कहा कि तुम्हारे पास मोबाईल फ़ोन बात करने के लिये है ना, या सिर्फ़ उसकी पूजा करते रहते हो। तुम उससे मेरे नंबर पर बात करके बता सकते थे। राघवेन्द्र की ये सख्त बातें संजय को आत्मीयता का अहसास कराते हुए सुकून प्रदान कर रहा है। दोनों दोस्त काफ़ी दिनों बाद आपस में ऐसी वार्तालाप कर पाये, इस वार्तालाप ने संजय के अंतःमन की पीड़ा का हरण कर लिया। निश्छल मित्र-प्रेम की वह बाधित जलधारा पुनः सम्पूर्ण वेग से बहने लगी। संजय का मन आज हल्का हो गया, खुशी-खुशी उसने राघवेन्द्र के माता-पिता से अनुमति ली और सीधे अपने घर जाने के लिये निकल पड़ा।

घर जाने पर पता चला कि संजय के आने की सूचना पाकर उसकी बहन अलका एवं जमाईराजा दोनों ही कल आ रहे हैं। संजय की प्रसन्नता इस सूचना से द्विगुणित हो गई। अगली सुबह दस बजे के आसपास अलका के घर पहुँचते ही घर का वातावरण सुखद हो उठा। माँ, पिताजी, संजय, उसकी धर्मपत्नी सभी अलका का आत्मीय स्वागत करने में लगे हैं। जमाईराजा का भी एक राजा की भांति स्वागत सत्कार किया गया। दोपहर का भोजन सभी ने एक साथ किया। भोजन उपरान्त सभी माताजी के कक्ष में चले गये तथा वार्तालाप का दौर शुरू हुआ। अलका अपने ससुराल के संस्मरण सुनाते रही, संजय ने भी अपने संस्मरण सुनाये। वार्तालाप के इसी क्रम में अलका ने संजय से हरीश, जितेन्द्र एवं राघवेन्द्र के बारे में पूछा, वो अभी कहाँ है, बात होती है कि नहीं आदि-आदि। इन तीनों की सफ़लता से यद्यपि अलका भी भिज्ञ थी, परन्तु और गहनता से जानने के लिये उनके बारे में पूछती रही। संजय भी सभी प्रश्नों का उत्तर देते रहा, परन्तु जितेन्द्र के घर अपनी पत्नी सहित अपमानित महसूस करने और राघवेन्द्र के बंगले से खाली वापस लौटने की बात का तनिक भी जिक्र नहीं किया। अलका ने इसी बीच कहा कि आपके ये तीनों मित्र कितने सौभाग्यशाली हैं। आप सभी ने एक साथ अपने संघर्ष का समय बिताया और आज वो तीनों कितने नामी, धनाढ्य एवं सफ़ल व्यक्ति हैं कि पूरा देश उन्हें पहचानता है। बड़े से बड़े पैसे वाले लोग उनसे मिलने के लिये लाईन में खड़े रहते हैं। उनसे मिलना अधिकांश लोगों के लिये सौभाग्य की बात होती है। लक्ष्मी माता साक्षात् इनके घरों में निवास करती है। आने वाले कल में हो सकता है इन्हें भारत रत्न, ऑस्कर अवार्ड, नोबल पुरस्कार जैसे सर्वोच्च सम्मान से नवाजा जायेगा। एक छोटे से गाँव में संघर्ष कर अपना जीवन जीने वाले ये तीनों आपके दोस्त भारत के रत्न कहलायेंगे। इनका नाम भारतवर्ष के इतिहास में स्वर्णिम पन्नों पर दर्ज हो जायेगा

तथा हमारे लिये भी गर्व की बात होगी और हम भी लोगों को बतायेंगे की ये भारत के रत्न हम लोगों को भी जानते हैं। अलका के ये शब्द अचानक ही संजय को शूल की तरह चुभने लगे। यद्यपि अलका के ये विचार निश्छल थे, परन्तु संजय को ये शब्द असफ़ल करार दे रहे हैं। तीनों की सफ़लता एवं वैभव के शब्द संजय को स्वयं के तुच्छ होने का अहसास करा रहे हैं। संजय को ऐसा लग रहा है कि मानो अलका उसे बता रही है कि तुम तीनों दोस्तो से हार गये, तुझमें योग्यता और क्षमता नहीं थी। इस कारण फ़ौज के एक मामूली सैनिक बनकर रह गये, जिसे ना आम जनता जानती है ना ही उसके घर माँ लक्ष्मी निवास करती है। अलका के शब्दों ने संजय के दिल को पूरी तरह छलनी कर दिया।

संजय ने अलका के शब्दों पर विराम लगते ही अपने दिल की बात अनचाहे ही कह डाली। संजय ने कहा कि हाँ वे सफ़ल, धनाढ्य, ख्याति प्राप्त भारत के रत्न जरूर हैं, परन्तु मैं भी उनसे किसी भी कीमत पर कम नहीं हूँ। मैं मानता हूँ कि मेरे पास धन नहीं है, उनके जैसे शोहरत नहीं है, मुझसे लोग मिलने के लिये आतुर नहीं रहते, ऑटोग्राफ लेना नहीं चाहते, ट्रेन या अन्य किसी सार्वजनिक जगह पर लोग जगह नहीं देते, परन्तु फिर भी मैं उनसे बड़ा आदमी हूँ। मैं अपने सिर पर भारत देश का राष्ट्रीय चिन्ह धारण करता हूँ, जो उन तीनों को चाहकर भी नहीं मिल सकता। वे अगर मृत्यु का वरण करेंगे तो उनकी मौत कहलायेगी और यदि मैं रणभूमि में मरा तो शहीद कहलाऊँगा, हमारी आन-बान-शान हमारे देश का ध्वज मेरा कफ़न होगा, मेरी बीवी विधवा नहीं वीरवधु कहलायेगी। संजय के इन शब्दों ने सभी की आँखों को आँसुओं से भर दिया। अलका को भी अपनी अनचाही गलती का अहसास हो गया। अलका रोते हुए अपने भाई के गले लग गई तथा रोते हुए संजय से अपने शब्दों के लिये माफ़ी माँगी और बोली भाई हमारी नज़र में तुमसे बड़ा भारत का रत्न कोई दूसरा हो ही नहीं सकता। तुम्हारे प्यार पर तो मैं दुनिया की सारी दौलत कुर्बान कर सकती हूँ। अलका की बात सुनकर संजय को भी अपनी तीव्र प्रतिक्रिया की गलती का अहसास हुआ और उसने अलका से अपने शब्दों के लिये क्षमा माँग ली। भाई बहन के इस गुस्से और प्यार के बीच वार्तालाप के शब्द ने वहाँ पर उपस्थित सभी लोगों की आँखे नम कर दी। संजय की पत्नी इस पूरे घटनाक्रम की चश्मदीद रही।

संजय जैसे ही अपने कमरे में गया, पीछे से संजय की पत्नी योगिता भी कमरे में आ गयी और सीधे संजय के गले लगकर रोने लगी। सुबकते हुए उसने संजय से कहा कि आप अपने आप को छोटा क्यों मानते हो। आप वो काम कर सकते हो जिसका मौका हर किसी को नहीं मिलता, आप सरहद पर सजग रहते हैं, इस कारण

हम जैसे इस देश के सभी लोग जीवन की सभी सुख-सुविधा का उपभोग कर पा रहे हैं। आप धूप, गर्मी, सर्दी की परवाह किये बिना सीमा पर मुस्तैद रहते हैं, इस कारण इस देश का हर व्यक्ति दीपावली, होली, ईद, क्रिसमस जैसे त्यौहारों का आनन्द ले पाते हैं। जिस दिन हमारे देश की सेना ने एक घण्टे भी आराम करने का सोच लिया, उसी दिन उस एक घण्टे में देश की सम्पूर्ण जनता को सेना के अस्तित्व एवं क्षमता का अहसास हो जायेगा। हम सब अपने घरों में कोमल, सुखद शैय्या पर गहरी नींद ले सके, इसके लिये हमारे सुरक्षा बल के जवान मातृभूमि की जमीन को अपना बिछौना और खुले आसमान को अपना चादर मानकर सोते हैं। मैं मानती हूँ कि अलग-अलग कार्यक्षेत्र के अलग-अलग लोग अपने कार्यक्षेत्र में उत्कृष्ट होने के लिये अलग-अलग पुरस्कार या सम्मान पाते हैं, जिन्हें देश एवं दुनिया पहचानती है, पर यह सब भी तभी संभव है, जब तक हमारा सुरक्षा बल इस देश का रक्षा आवरण बना रहेगा। वीरता के लिए मिलने वाले पुरस्कार का महत्व इस देश का प्रत्येक व्यक्ति जानता है। सैनिक के साथ जुड़ने वाला शब्द वीर और शहीद शब्द भी किसी बड़े पुरस्कार या तमगे से कम नहीं है। यह सब कहते हुए संजय की पत्नी फफक-फफक कर रो पड़ी, संजय की आँखों से भी अश्रुधारा बह निकली।

शाम होते ही संजय घर से निकलकर जितेन्द्र और हरीश के घर गया तथा उनके माता-पिता से मिलकर उनका कुशलक्षेम जाना तथा उनसे आशीर्वाद लिया। रात्रि में घर में सभी सदस्य बैठकर इस निष्कर्ष पर पहुँचे की पूरा परिवार एक सप्ताह की यात्रा पर पर्यटन एवं धार्मिक स्थल जायेंगे। संजय की माँ की सेहत पहले से काफ़ी ठीक है, परन्तु वह जाने की इच्छुक नहीं है, परन्तु घर के सभी सदस्यों के आग्रह को वह ठुकरा भी नहीं सकी और चलने की उन्होंने हामी भर दी। पर्यटन, पारिवारिक विवाह समारोह, अलका के घर दो-तीन दिन रहना यह सभी संजय ने अपने अवकाश के दिनों में किया, आज अवकाश समाप्ति पर उसे वापस अपने बटालियन जाना है। संयोग का यह क्षण पुनः वियोग में तब्दील होने की आशंका ने सभी के चेहरे की खुशी छीन ली है। घर के सभी सदस्यों से आशीर्वाद एवं प्यार लेकर संजय अपनी वापसी यात्रा पर निकल पड़ा। कष्ट भरे ट्रेन सफ़र की आशंका इस बार निराधार निकली, सीट अच्छी मिल गई थी। बोगी के लोग भी काफ़ी अच्छे और मिलनसार थे। संजय सुखद यात्रा उपरान्त अपने बटालियन मुख्यालय पहुँचा, जहाँ से वह अपने अन्य साथियों के साथ पुलवामा जाने के लिए निकल पड़ा निर्धारित समय पर सुरक्षित रूप से संजय अपने कैंप पहुँच गया।

आज संजय की ड्यूटी सुबह पाँच बजे से सात बजे तक सुरक्षा मोर्चे पर लगायी गयी। संजय नियत समय पर अपने ड्यूटी स्थल पर पहुँच गया तथा सर्तकता

एवं मुस्तैदी से ड्यूटी करता रहा, इसी बीच मोर्चा से कुछ दूरी पर कुछ संदिग्ध हलचल दिखायी दी। संजय ने तुरन्त ही पूरे कैम्प को सतर्क होने हेतु आवाज़ लगायी। संजय के आवाज़ के साथ ही दुश्मनों के बंदूक से निकली आवाज़ इतनी तेज हो गयी की पूरे कैम्प में कोहराम मच गया। दुश्मनों ने चारों तरफ से मोर्चे एवं कैम्प पर ताबड़तोड़ फायरिंग शुरू कर दी। कैम्प से कुछ ऐसी आवाज़ें भी आ रही है, जो इस बात की पुष्टि कर रहे हैं कि कैम्प के अन्दर कुछ लोगों को दुश्मनों की गोलियाँ लगी हैं। संजय जिस मोर्चे पर तैनात है, वहाँ सबसे ज्यादा फायरिंग हो रही है। इसी बीच दुश्मनों ने कुछ बम के गोले भी कैम्प के अन्दर गिराये हैं, जिससे निश्चित रूप से कैम्प में जान माल का नुकसान हुआ है। दोनों ही ओर से गोलियाँ एवं बम के गोले ऐसे दागे जा रहे हैं, मानो दीपावली में फटाखे फोड़े जा रहे हों संजय पूरी निडरता के साथ अपने साथियों के साथ मिलकर दुश्मन को मुँहतोड़ जवाब दे रहा है। दुश्मनों को हो रही क्षति को वे अपनी आँखों से भी देख पा रहे हैं, कि कैसे दुश्मन उसकी गोलियों से धराशायी हो रहे हैं। आज दुश्मनों की संख्या शायद बहुत अधिक है, इस कारण कैम्प पर फायरिंग लगातार हो रही है। इसी बीच संजय के बिल्कुल बाजू से फायरिंग कर रहा एक सैनिक रूपेन्द्र सिंह एक तेज चीख के साथ शांत हो गया। दुश्मनों की गोली सीधे उसके सिर पर आकर लगी, खून के छींटे से संजय रंग गया। अपने सबसे करीबी दोस्त की मौत ने संजय को विचलित किये बिना ही और अधिक आक्रोशित कर दिया। संजय लगातार फायरिंग करते हुए दुश्मनों को एक-एक कर मौत के घाट उतार रहा है। इसी बीच उसके साथ के तीन अन्य साथियों में से दो साथी जवान को भी गोली लग गई और वो शहीद हो गये। संजय के पास रखी गोलियाँ भी अब खत्म होने के कगार पर है। अपने शहीद साथियों के पास रखी गोलियों को संजय चपलता-पूर्वक पेट के बल जाकर अपने पास लाया तथा दुश्मन पर फिर पूरी शक्ति से फायरिंग करने लगा। इसी बीच उसके साथ बचा एक मात्र सैनिक संजय से करीब दस मीटर की दूरी पर दुश्मनों पर गोलियाँ बरसा रहा है। अचानक ही उसके पास गोलियाँ पूरी समाप्त हो गयी। उस जवान ने संजय की ओर नज़रों से एवं हाथ के इशारे से गोलियों के लिये याचना की। संजय यह जान रहा है कि इतनी तेज फायरिंग के बीच उस जवान तक पहुँचना बहुत ही जोखिम भरा है, परन्तु उस सैनिक को यदि गोलियाँ नहीं दी गई तो अन्ततः उसकी शहादत तय है। संजय ने निडरता से पेट के बल रेंगते हुए उस सैनिक तक पहुँचने की कोशिश की, इस कोशिश में अचानक ही उसका सिर थोड़ा सा ऊपर आ गया, दुश्मन की गोलियाँ शायद इसी क्षण के इंतज़ार में लगातार चल रही थी। दुश्मन की गोलियाँ संजय के सिर पर आकर लगी, रक्त के छींटे दूर-दूर तक जा

गिरे। फ़ौज का यह बहादुर सैनिक संजय अपने दोस्त की जान एवं अपने देश एवं अपनी फ़ौज का मान बचाने शहादत की बलीवेदी पर कुर्बान हो गया।

जिस सैनिक की मदद के लिए संजय जा रहा था, वह कुछ ही दूरी पर था, वह सैनिक पेट के बल रेंगते हुए संजय के पास आया। संजय को मदद करने की उसने कोशिश की लेकिन तब तक संजय की साँसे थम चुकी थी। वह सैनिक संजय के पास रखे हथियार एवं गोलियों को अपने कब्जे में लेकर पुनः दुश्मनों पर पूरी प्रचण्डता से गोलियाँ बरसाने लगा। इसी बीच कैम्प के अन्दर के जवान भी वीरता-पूर्वक दुश्मनों का सामना करते हुए मोर्चों पर पहुँच गये। दुश्मनों पर फिर ऐसा प्रहार हुआ कि दुश्मनों के अब पैर उखड़ गये धीरे-धीरे गोलियों की आवाज़ पूरी तरह थम गयी। कैम्प और मोर्चे के जवानों ने भी दुश्मनों की फायरिंग बंद होने पर अपनी ओर से फायरिंग रोक दी। जब सभी को पूरी तरह इत्मिनान हो गया कि अब दुश्मन सीमा पर नहीं हैं, तब वरिष्ठ अधिकारी के निर्देश पर मोर्चे पर तैनात सभी अधिकारी एवं जवान अपनी-अपनी जगहों से बाहर आये। संजय जिस मोर्चे पर तैनात था, वहाँ पर कुछ-कुछ दूरी पर भारत माँ के चार अनमोल रत्न रक्त-रंजित निढाल पड़े हुए थे। कठोरता का आवरण ओढ़े जवानों एवं अधिकारियों का मानव मन आज उन्हें कठोरता के आवरण से बाहर निकाल लाया। अपने वीर साथी जवानों का शव देखकर सभी फफक-फफक कर रो पड़े। आज सभी अधिकारी एवं जवानों ने अपना हमदर्द, साथी, मित्र, भाई खो दिया। रोते बिलखते अधिकारी एवं जवानों ने वीर शहीदों के शव को ससम्मान एकत्र किया। समस्त संसाधन मंगाये गये तथा वीरों के पार्थिव देह को कैम्प में स्थित मुख्य मैदान में लाया गया। दुश्मनों ने जिन स्थानों से गोलीबारी की थी, उस क्षेत्र में सर्चिंग अभियान चलाया गया। वहाँ पर दुश्मनों का दस शव एवं भारी मात्रा में हथियार एवं गोला बारूद एवं आतंक फैलाने के बहुत से सामान बरामद किये गये। इससे इस बात की पुष्टि होती है कि संजय एवं उसके साथ शहीद वीर साथियों ने दुश्मनों को कितना अधिक नुकसान पहुँचाया था।

संजय एवं उसके अन्य वीर साथियों के पार्थिव शरीर को पूरी सुरक्षा के बीच शासकीय अस्पताल भेजकर पोस्टमार्टम की वैधानिक कार्यवाही पूर्ण करायी गयी। पुलवामा में हुए इस मुठभेड़ की जानकारी समस्त समाचार चैनलों एवं सोशल मीडिया में प्रमुखता से प्रसारित होने लगा। संजय की पत्नी ने जब यह समाचार देखा तो सहसा उसका दिल धक से कर गया, परन्तु शहीद जवानों के नाम का प्रसारण नहीं होने के कारण वह संजय की शहादत से अनभिज्ञ थी। संजय की पत्नी ने तुरंत ही घटना की जानकारी संजय की माँ एवं पिताजी को भी सुनाई। सभी भयभीत मन

से टेलीविज़न के पास आकर बैठ गये। इसी बीच जब अलका को भी पुलवामा घटना की जानकारी मिली तो वह भी चिंतित होकर संजय की पत्नी से फ़ोन पर संजय का कुशलक्षेम पूछी। संजय की पत्नी की व्याकुलता जब बढ़ने लगी तब उसने संजय को ही फ़ोन लगाने का साहस जुटाया, परन्तु संजय के मोबाईल नंबर का बंद होना बार-बार बताया गया। इससे संजय की पत्नी की व्याकुलता और अधिक बढ़ गई। इसी बीच संजय के शहीद होने तथा उनके तीन अन्य साथियों के शहीद होने की औपचारिक घोषणा टेलीविज़न के विभिन्न चैनलों में प्रसारित होने लगा। संजय के घर के सभी सदस्यों पर इस समाचार ने वज्राघात कर दिया। संजय की माँ बिना कुछ प्रतिक्रिया दिये ही बेहोश हो गयी। संजय की पत्नी योगिता निढाल एवं अचेत पड़ी रही। संजय के पिता स्वयं को संभालते हुए संजय की बेहोश माँ को सहज करने की कोशिश करने लगे। इसी बीच घटना की सूचना संजय के गाँव में बिजली की गति से प्रसारित हो गया। पूरे गाँववासी संजय के घर पर पहुँच गये। संजय की शहादत की सूचना उसकी बहन अलका को भी मिल चुकी थी, वह भी सपरिवार अपने मायके आने के लिये निकल पड़ी। शायद ही गाँव का कोई ऐसा व्यक्ति होगा, जिसकी आँखे आज नम नहीं हुयी हो। गाँव की महिलायें संजय की अचेत पत्नी एवं बेहोश माँ की सेवा में एवं ढाढस बँधाने में लगी हुयी है। गाँव के डॉक्टर ने संजय की माँ को दवाईयाँ दी, जिससे उनकी स्थिति में कुछ सुधार हुआ। संजय के बटालियन से संजय के घर फ़ोन से घटना की सूचना दी गयी तथा बताया गया कि संजय का पार्थिव शरीर कल दोपहर तक गाँव पहुँच जायेगा।

पुलवामा के कैम्प में सभी शहीदों के पार्थिव शरीर को पोस्टमार्टम के बाद ताबूत में रखकर कैम्प के मुख्य मैदान में रखे टेबलों पर क्रमशः रखा गया। शहीदों की श्रद्धांजली हेतु सभी विभागों के वरिष्ठ अधिकारीगण जनप्रतिनिधिगण पहुँच चुके थे। आम जनता को सुरक्षागत् कारणों से कैम्प के बाहर ही रोक दिया गया था। हजारों की संख्या में पुलवामावासी वीर शहीदों के अमर रहने एवं शहादत को नमन करते हुए नारे लगा रहे थे। बैण्ड के मातमी धुन एवं शोक-शस्त्र के साथ सभी उपस्थित लोगों ने वीर शहीद जवानों को पुष्पचक्र अर्पित कर अपनी श्रद्धांजलि दी। नम आँखों से इन वीर शहीदों को श्रद्धांजलि अर्पित कर वायुमार्ग से वीरशहीदों का पार्थिव शरीर उनके-उनके राज्य के मुख्य एअरपोर्ट पर भेजा गया। संजय का पार्थिव शरीर रायपुर एअरपोर्ट पर आयेगा, इसकी सूचना पाकर रायपुर जिला प्रशासन ने भी व्यापक तैयारी कर ली है। शहीद संजय का पार्थिव शरीर शाम चार बजे रायपुर एअरपोर्ट पर पहुँचा। प्रदेश के जनप्रतिनिधिगण एवं प्रशासनिक अधिकारियों ने एअरपोर्ट पर ही वीर शहीद को पुष्पचक्र अर्पित कर श्रद्धांजलि अर्पित की। फूलों से

सजे खुले वाहन में वीर योद्धा शहीद संजय का पार्थिव शरीर रखा गया। सड़क मार्ग से वीरयोद्धा का काफ़िला उसके गृह ग्राम के लिये रवाना हुआ। रायपुर से तीन घण्टे के सड़क मार्ग के सफ़र में संजय का पार्थिव शरीर जिस भी शहर एवं गाँव से गुजर रहा है एक बड़ी भीड़ इस वीर सपूत शहीद के ऊपर पुष्प वर्षा कर एवं देशभक्ति गीत तथा आसमान भेदी नारों से उस वीर योद्धा के पार्थिव शरीर को अपनी श्रद्धांजलि अर्पित कर रहे हैं। सड़क मार्ग में जगह-जगह वीर शहीद को दी गई श्रद्धांजलि के कारण संजय का पार्थिव शरीर करीब आठ बजे रात्रि शहीद के गाँव पहुँच सका। वीर सपूत शहीद संजय के पार्थिव शरीर के गाँव पहुँचने पर उसके गाँव एवं दूर-दूर से आये ग्रामीणों की इतनी अधिक भीड़ है कि गाँव के प्रवेश द्वार से संजय के घर की दूरी महज एक किलोमीटर होगी, परन्तु इस दूरी को तय करने में ही करीब एक घण्टे का समय लग गया। संजय की शहादत को नमन करता अपार जनसमुदाय गगन भेदी नारों के साथ धीरे-धीरे संजय के घर की ओर बढ़ने लगा। जिले के सभी वरिष्ठ अधिकारीगण एवं जनप्रतिनिधिगण भी संजय के सम्मान में आज उपस्थित हैं। पुलिस प्रशासन ने भी भीड़ को नियंत्रित करने के लिये चाक-चौबंद व्यवस्था की है। ऐसी भीड़ एवं ऐसा सम्मान शायद संजय की आत्मा को उसके भौतिक स्वरूप की शहादत पर गर्व का अहसास करा रहा होगा। करीब नौ बजे रात्रि संजय का पार्थिव शरीर उसके घर पहुँचा। संजय के पार्थिव शरीर का ताबूत घर के आंगन में ससम्मान रखा गया। संजय के परिवार के सदस्यों एवं अन्य रिश्तेदारों एवं नातेदारों ने तय किया कि कल सुबह ग्यारह बजे शहीद के पार्थिव शरीर का अंतिम संस्कार किया जायेगा। संजय की पत्नी, उसकी माँ एवं बहन की आँखों से अश्रुधारा अविरल बह रही है। उसकी माँ समय-समय पर अचेतावस्था में चली जा रही है। इन मातृशक्तियों को परिवार की अन्य महिलायें ढाढस बँधा रही हैं। प्रशासन ने कल के अंतिम संस्कार की व्यापक तैयारी शुरू कर दी है, जो पूरे रात चलकर सुबह तक पूर्ण हो जाने की संभावना है। जितेन्द्र, हरीश एवं राघवेन्द्र को भी टेलीविज़न में समाचार से संजय की शहादत की जानकारी मिली। तीनों अपने-अपने स्थानों से अपने गाँव के लिए रवाना हो गये। ताकि गाँव आकर अपने प्रिय मित्र को उसकी अंतिम यात्रा में साथ दे सकें एवं श्रद्धांजलि अर्पित कर सकें। कल सुबह तक तीनों के अपने गाँव पहुँचने की पुष्टि उसके परिजनों ने भी कर दी।

पूरी रात संजय के घर में लोगों की भीड़ लगी रही, श्रद्धांजलि अर्पित करने लोग आते रहे। सुबह होते ही प्रशासन एवं परिवार के लोग अंतिम संस्कार की तैयारी करने लगे। सुबह करीब आठ बजे मृत्यु संस्कार संपादित कराने वाले पंडित जी ने हिन्दू विधि अनुसार पार्थिव शरीर के शुद्धिकरण श्रृंगार एवं अन्य औपचारिकताओं

को परिवार के सदस्यगणों से संपादित कराया। संजय की माँ का स्वास्थ्य ज्यादा बिगड़ रहा है, अस्पताल जाने से उन्होंने मना कर दिया है। जिस प्रकार उन्होंने अपने पुत्र को मातृभूमि की सेवा के लिये हौसला रखकर विदा किया था, उसी हौसले के साथ वह आज अपने शहीद पुत्र को उसकी अंतिम यात्रा में विदा करना चाहती हैं। करीब नौ बजे जितेन्द्र, हरीश एवं राघवेन्द्र तीनों एक साथ संजय के घर पहुँचे। आज भीड़ भी उतनी है, भारत माता के ये चारों रत्न भी वहीं हैं, परन्तु आज भीड़ की नज़र में ताबूत में लेटे भारत माँ के रत्न की चमक इतनी अधिक है कि इन तीनों रत्नों की चमक उसमें खो गयी है। भीड़ ना तो इनसे मिलने को आतुर है, ना ऑटोग्राफ की माँग, ना ही साथ में फ़ोटो खिंचवाने की होड़, पूरी भीड़ सिर्फ़ और सिर्फ़ वीर शहीद संजय के दर्शन एवं जयगान के लिये प्रयासरत् है। जैसे ही जितेन्द्र, हरीश एवं राघवेन्द्र पार्थिव शरीर के पास पुष्पचक्र अर्पित करने पहुँचे, संजय की बहन अलका के सब्र का बांध टूट पड़ा। अपने भाई संजय को खोकर बेसुध हुई अलका अपने अन्य तीनों भाईयों जैसे संजय के दोस्तों के पास बिलखते हुए दौड़कर आयी और जितेन्द्र के गले लग गयी। इस हृदय विदारक दृश्य ने माहौल को गमगीन कर दिया, हर किसी की आँखे फिर से नम हो गई। अलका ने बिलखते हुए कहा कि मेरा भाई आज मातृभूमि की सेवा के लिये हम सबको छोड़कर चला गया। अब मेरी रक्षा का जो उसने आश्वासन दिया था, उसे कौन पूरा करेगा? मेरी माँ की सेवा अब कौन करेगा? मेरी भाभी के जीवन में खुशियाँ कौन लायेगा? कहते–कहते उसका गला रूँध आया। संजय की पत्नी बिलखते हुए ताबूत के पास बैठकर विलाप करते हुये बोली की उठिये देखिये आपके ये तीनों दोस्त आये हैं, आप इन्हें भारत माँ के रत्न कहते थे, ना देखिये ये भी आज आपका सम्मान कर रहें हैं, ये भी आपके सामने नतमस्तक हैं, आपने हमेशा अपने आपको इनसे कम माना, हमेशा यह कहते रहे कि मैं इनके समान, सम्मान या प्रतिष्ठा का भागीदार कब बनूंगा, देखिये पूरी भीड़ सिर्फ़ और सिर्फ़ आपका सम्मान कर रही है, पूरे समाचार चैनल एवं समाचार पत्र सिर्फ़ आपकी वीरता का गुणगान कर रहे हैं। आज आप सच्चे अर्थों में भारत माँ के अनमोल रत्न बन गये हो, जिसकी चमक के आगे सारे रत्नों की चमक फीकी पड़ गई है। संजय की पत्नी का यह विलाप उपस्थित जन समुदाय को ऐसा झकझोर गई कि पूरी भीड़ में वीर शहीद संजय अमर रहें का जयघोष गुँजायमान होने लगा।

तिरंगा से लिपटा वीर शहीद संजय का पार्थिव शरीर फूलों से सुसज्जित खुले वाहन में सम्मान पूर्वक रखा गया। देशभक्ति गीत बजाता हुआ साउण्ड सिस्टम आगे आगे चल रहा है। पूरे मार्ग में हर किसी के हाथ में फूल है, जो संजय के पार्थिव शरीर पर चढ़ाया जा रहा है। गाँव के इस वीर योद्धा के पीछे एक बड़ा जनसमूह चल

रहा है। जितेन्द्र, हरीश एवं राघवेन्द्र भी संजय के परिजनों के साथ पीछे-पीछे चल रहे हैं। करीब दो किलोमीटर का सफ़र करीब तीन घण्टे में पूरा कर शहीद संजय की शवयात्रा मुक्तिधाम पहुँची। जहाँ पर श्रद्धांजलि अर्पित करने के लिये जिले के कमिश्नर, कलेक्टर, पुलिस महानिरीक्षक, पुलिस अधीक्षक सहित सभी वरिष्ठ अधिकारीगण तथा मंत्री एवं अन्य जनप्रतिनिधिगण उपस्थित थे। पार्थिव देह को पहले से सजाकर रखे गये एक टेबल पर रखा गया। पुलिस के जवानों के द्वारा शोक शस्त्र की कार्यवाही एवं मातमी बिगुल की ध्वनि के उपरान्त वहाँ उपस्थित सभी अधिकारीगण, जनप्रतिनिधिगणों द्वारा अंतिम श्रद्धांजलि हेतु पुष्पचक्र अर्पित किया गया। श्रद्धांजलि अर्पित करने वालों की लम्बी लाईन के बीच स्थानीय प्रशासन का सहयोग प्राप्त कर जितेन्द्र, हरीश एवं राघवेन्द्र ने भी पुष्पचक्र अर्पित किया तथा भारत माँ के ये तीनों रत्न एक साथ दाहिने हाथ को अपने सिर के समक्ष लाते हुये वीरशहीद संजय को सेल्यूट किये तथा तीनों ने एक स्वर में कहा कि "हे भारत माता के रत्न संजय" तेरी वीरता को प्रणाम, तेरी शहादत को नमन, सच में तू भारत की आन, बान, शान है, तू ही सच्चा भारत रत्न है। मातमी बिगुल के पुनः क्रन्दन के उपरान्त संजय का पार्थिव शरीर चिता पर रखा गया, संजय के पिता ने चिता को मुखाग्नि दी। भारत माँ के इस अनमोल रत्न संजय के जयघोष से आकाश गुँजायमान हो गया। संजय का पार्थिव शरीर अब अग्नि के हवाले कर दिया गया। भारत माँ का यह रत्न यद्यपि अग्नि में अपना भौतिक शरीर समाहित कर गया, परन्तु उसका नाम सदैव ही भारत के अनमोल रत्न के रूप में दैदीव्यमान रहेगा।

संजय की पत्नी योगिता की तबियत कुछ खराब होने पर आज सुबह उसे अस्पताल ले जाया गया। सूचना पाकर जितेन्द्र, हरीश, राघवेन्द्र भी अस्पताल पहुँचे। संजय की बहन अलका एवं संजय के पिता, संजय की पत्नी योगिता के पास ही थे। तीनों ने अस्पताल पहुँचकर योगिता की सेहत की जानकारी ली, तब अलका ने बताया कि संजय भैय्या पुनः इस घर में वापस जन्म लेने वाले हैं अर्थात संजय की पत्नी गर्भवती है। संजय के खोने के गम से आहत् तीनों दोस्त यह खबर सुनकर खुशी से उछल पड़े। संजय के प्रतिरूप के इस धरा पर पुनः आने की कल्पना ने उनके आहत् मन को कुछ शांति प्रदान की। शहीद संजय की पत्नी योगिता के पास जाकर तीनों ने उन्हें रोते हुए एवं रूँधे गले से इस खुशखबरी के लिए बधाई दी। जितेन्द्र ने माहौल को खुशनुमा बनाने के लिए कहा भाभी संजय का आने वाला बच्चा लड़का होगा और वह मेरे जैसा मशहूर फ़िल्म स्टार बनेगा। हरीश ने कहा नहीं वह क्रिकेटर

बनेगा। राघवेन्द्र ने कहा नहीं वह राजनेता बनेगा। सभी ने एक स्वर में योगिता से पूछा भाभी आप बताईये आप उसे क्या बनाना चाहती है। योगिता ने खुली एवं दमदार आवाज़ के साथ कहा संजय जैसा ही भारत माँ का अनमोल रत्न 'भारत रत्न' ऐसा कहते हुए वह फूट-फूटकर रो पड़ी। वीर वधु की यह बात सुनते ही तीनों दोस्तों ने उनके चरणों में अपना शीश झुका दिया। तथा वीरवधु के जज़्बे को सलाम किया।

"हे भारत भूमि तू धन्य है ऐसे वीर शहीद एवं वीर वधुओं को पाकर"

जयहिन्द

•••

श्रेष्ठ भारतीय साहित्य

भारतीय ज्ञानपीठ